다행히 나는 이렇게 살고 있지만

첫판 1쇄 펴낸날 2019년 12월 20일

지은이 | 지평님
펴낸이 | 지평님
본문 조판 | 성인기획 (010)2569-9616
종이 공급 | 화인페이퍼 (02)338-2074
인쇄 | 중앙이앤티 (031)904-3600
제본 | 서정바인텍 (031)942-6006
후가공 | 이지앤비 (031)932-8755

펴낸곳 | 황소자리 출판사
출판등록 | 2003년 7월 4일 제2003-123호
주소 | 서울시 종로구 송월길 155 경희궁자이 오피스텔 4425
대표전화 | (02)720-7542 팩시밀리 | (02)723-5467
E-mail | candide1968@daum.net

ISBN 979-11-85093-89-5 03810

* 이 도서의 국립중앙도서관 출판시도서목록(CIP)은 서지정보유통지원시스템 홈페이지(http://seoji.nl.go.kr)와 국가자료공동목록시스템(http://www.nl.go.kr/kolisnet)에서 이용하실 수 있습니다.(CIP제어번호: CIP2019049213)

이 도서는 한국출판문화산업진흥원의 '2019년 출판콘텐츠 창작 지원 사업'의 일환으로 국민체육진흥기금을 지원받아 제작되었습니다.

지평님

황소자리

생각해보면 나는 나른한 구경꾼이었던 것 같다. 구석진 객석에 앉아 배우들의 열연을 지켜보며 때로 선망하고 때로 무력해지던…. 어리던 시절에는 무대 위의 주인공들을 질투하기도 했다. 하지만 어떤 자리든 한 곳에 뿌리박다 보면, 그 자리에 있어야만 알게 되는 재미 같은 게 생긴다. 드라마가 끝나고 배우가 텅 빈 객석을 헛헛하게 바라볼 때, 구석에 웅크리고 앉아 있던 구경꾼은 충만한 감동으로 길을 나선다. 화살처럼 꽂혀버린 이야기들을 수십 번 곱씹고, 무대를 응시하던 다른 이의 등짝과 돌아서던 그들의 눈동자를 떠올리자면 온몸에 전율이 일곤 했다.

그 역할이 싫지 않았다. 솔직히 말하자면 날이 갈수록 나는 재미가 들렸던 것 같다. 느릿느릿 길을 걷다가 주위를 둘러보면 별별 희한한 세상이 끝없이 펼쳐졌다. 간혹 치밀어 오르는 슬픔이나 분노 때문에 주저앉기도 했지만, 다행히 신기하고 우습고 가슴 벅찬 풍경들이 압도적으로 많았다. 가끔은 주인공 역할을 부여받아 분투하느라 정작 자기 이야기를 놓쳐버린 이들의 소중한 증인이 되어주기도 했다. 그럴 때가 제일 뿌듯하고 좋았다.

여기에 실린 글들은 구경꾼으로 살면서 내가 목격한 많은 이야기 중 몇 조각이다. 각자의 방식으로 열연한 주인공들에 대한 헌사이자, 그들의 이야기를 구경하는 재미로 살아가는 사람의 속닥거림이다.

2019년 겨울, 지평님

차례

SEASON 2

SEASON 3

SEASON 4

〰〰〰〰〰〰〰〰〰〰〰〰〰〰〰〰

한 번 잃은 기억은 쉬 복원되지 않아서 모친은 힘없는
눈을 끔벅이며 선배를 물끄러미 바라보지만, 아주 가끔
정신이 돌아올 때면 이제 예순이 넘어버린 당신 딸의 얼굴을
쓰다듬으며 "우리 아가, 왜 이렇게 늙은 거야?"
슬픈 표정으로 눈물을 닦아낸다.

가장 마지막에 남는 장면

한 남자가 춤을 춘다. 음악에 맞춰 팔과 머리를 흔들고, 미국 재즈가수 캡 캘러웨이의 노래를 따라 부른다. 얼굴 가득 웃음을 날리며 춤추고 노래하는 이 노인은 92세의 헨리 드라이어다. 거동이 불편해 양로원에서 머무는 그에게는 기억력 감퇴와 치매 증상도 있다. 종종 자신을 만나러 오는 딸을 아버지 헨리는 알아보지 못한다. "제가 누구예요?" 아버지의 젊은 날을 선명히 기억하고 그리워하는 딸은 만날 때마다 눈을 맞추며 끈질기게 묻지만 돌아오는 말은 늘 똑같다. "몰라." 휠체어에 앉아 눈동자를 허공에 붙박은 채 짧게 대답하는 노인은 흡사 말라버린 나무 등걸 같다. 그러던 그에게 음악이 나오는 헤드셋을 씌우자 화들짝 놀란 표정을 짓다가 이내 몸을 살랑살랑 움직이는 장면은 이 다큐멘터리 영화 〈Alive Inside〉의 하이라이트다. "음악 좋아해요?" "응, 아주 많이 좋아해." "특별히 좋아하는 뮤지션이 있어요?" "물론. 캡 캘러웨이의 재즈가 최고야." "왜 그 사람의 노래를 좋아해요?" "캡의 음악을 들으면 사랑의 감정이 생기거든. 낭만을 느낀다고."

불과 몇 분 전까지 자기 딸조차 알아보지 못한 채 누워 있던 노인의 돌연한 변화를 어떻게 설명할까? 이 감동적인 장면을 소개하면서 언론은 각계 전문가를 동원하고 여러 학자들의 논문을 뒤져 기억과 음악이 지닌 신묘한 힘을 다양하게 분석했다. 경제학자 홀브룩과 쉰들러가 1980년대에 진행한 실험도 그 중 하나였다. 여섯 살차이인 두 사람의 음악 및 문화 취향이 확연하게 다르다는 사실에 착안해 '개인의 취향과 선호가 만들어지는 시기는 언제인가'를 학문적으로 실험한 것이다. 이 연구를 통해 개인의 취향과 선호는 20대 전반기에 형성된다는 사실이 처음 밝혀졌다. 일례로 실험 참가자들이 가장 선호하는 음악이 발표되었을 당시 그들의 나이는 평균 23.5

세였다. 남성이든 여성이든, 교육 수준이 높든 낮든, 어떤 종교와 문화권에서 살든 이러한 경향에는 편차가 없었다. 그 시절에 처음 접한 노래를 나이 들어서도 즐겨 부르고, 그 시절에 입력한 경험과 상황을 평생토록 간직하며 리메이크한다는 것이다. 영화 속 노인 헨리 드라이어가 좋아한다는 캡 캘러웨이의 재즈 역시 그의 20대 시절을 풍미했던 노래다.

오래 알고 지내온 선배를 만났다. 2년 전, 선배는 어머니를 요양병원으로 모셨다. 구순 모친의 몸이 많이 쇠약한 데다 치매를 앓아 가족들이 돌볼 수 없는 상황이었기 때문이다. 선배는 특별한 일이 없는 한 매일 요양병원에 간다. 가서 노래도 흥얼거리고 지난 일들을 이야기하며 바지런했던 엄마의 젊은 시절을 불러내려 애쓴다. 한 번 잃은 기억은 쉬 복원되지 않아서 모친은 힘없는 눈을 끔벅이며 선배를 물끄러미 바라보지만, 아주 가끔 정신이 돌아올 때면 이제 예순이 넘어버린 당신 딸의 얼굴을 쓰다듬으며 "우리 아가, 왜 이렇게 늙은 거야?" 슬픈 표정으로 눈물을 닦아낸다.

그런데 요 며칠 따스한 날이 계속되면서 어머니의 색다른 성화가 시작됐다고 선배는 전했다. "아줌마, 나 좀 밭에 데려다 줘요. 얼른 가서 완두콩 심어야 해요." 하도 졸라대기에 이유를 물었더니 엄마는 이렇게 대답했다고 한다. "완두콩 팔아서 우리 애들 크레용 사줄 거예요."

바다 건너 다른 청춘들이 재즈를 들으며 사랑과 낭만에 취하던 그 시절에 선배의 어머니는 5남매를 먹이고 입히고 가르치느라 동동거려야만 했다. 그러니 생의 마지막까지 온몸의 감각과 뇌세포에 남아 도드라진 기억이 바로 그 장면이라며 선배는 쓸쓸하게 웃었다.

주말에 모친과 고향 마을에 가서 봄날물이라도 캐야겠다고 말하는 선배를 보고 있자니 내 생의 마지막에 남은 장면은 뭘까, 불쑥 궁금해졌다. 회한일까 아니면 그리움일까? 알 수 없는 일이다.

우체국에 가면

우체국에 가면 잃어버린 사랑을 찾을 수 있을까.

그곳에서 발견한 내 사랑이 풀잎 되어 젖어 있는 비애를….

- 이수익 시 〈우울한 샹송〉 중에서

그이만큼 절절한 건 아니더라도 우체국에 들어서다 불쑥 애상에 잠길 때가 있다. 출판계약서를 등기로 발송할 때, 새 책이 나와 해외 저자에게 보내는 책 박스를 들고 도착한 뒤 번호표에 적힌 내 차례가 오기 전 부랴부랴 영문 주소를 적어 내려가다, 어떤 얼굴과 때를 놓쳐버린 편지가 떠올라 화들짝 놀라는 것이다.

오래 전에 해외 펜팔이란 걸 했다. 1981년, 중학교 2

학년이었다. 당시 여자 중고생들이 즐겨 보던 〈여학생〉이라는 잡지에서 해외 펜팔을 알선했다. 친구 맺기 원하는 사람의 나라와 성별, 나이 등을 잡지에 딸려온 엽서에 적어 보내면 엇비슷한 대상들끼리 짝지어주는 방식이었다. 그나마 익숙한 나라는 고모와 사촌언니가 사는 미국뿐이었다. 대상자의 성별을 두고 오래 고민했다. 그 무렵 주말의 영화에 단단히 빠져 있던 나는 〈에덴의 동쪽〉 제임스 딘처럼 박력 있는 청년이거나 드라마 〈월튼네 사람들〉 속 맏아들처럼 착한 이성 친구를 간절히 원했다. 애석하게도 용기가 조금 부족했다. 며칠을 망설이다 내 또래 여자아이를 원한다고 적어 보냈다.

얼마 후 대상자의 주소와 사진을 동봉한 편지가 배달됐다. 미국 미시간 주에 사는 모리 그레솔. 교정기 낀 치아가 두드러지는 열세 살 소녀였다.

미국 아이에게 꿀리지 않는 편지를 쓰기 위해 얼마나 애썼는지 모른다. 알파벳 필기체까지 미리 연습해둔 나는 사전을 넘겨가며 고르고 고른 단어를 조합해 영문 편지를 썼다. 그러고도 안심이 안 돼 영어 선생님께 검수를 받은 후 파랑과 빨강 사선으로 테두리를 두른 국제우편용 봉투에 넣어 보냈다. 보름쯤 지나고 답장이 왔다. 우체부 아저씨가 전해준 편지는 작고 노란 봉투였다. 초등학생처럼 큰 글씨로 쓴 주소가 손바닥만한 봉투를 거의 다 채우고 있었다. 아, 이런 봉투에 이런 글씨로도 다른 나라 사람에게 편지를 보낼 수 있는 거구나.

그 후 일년 남짓, 모리와 나는 수십 통의 편지를 주고받았다. 오대호로 수학여행을 갔던 이야기며, 크리스마스트리에 쓸 나무를 캐기 위해 하루 종일 산을 누빈 일, 오빠랑 다녀온 유니버설 스튜디오 기념품 등을 챙겨 보내는 모리의 편지는 점점 길어졌고, 영문 편지 쓰는 일이 버겁던 나의 편지는 점점 짧아졌지만.

그러다가 내가 고등학교에 들어가고 고향집을 떠나면서 모리의 편지를 제때 수신하기 어려워졌다. 한두 번 답장이 없자 그녀는 내게 무슨 일이 생긴 건 아닌지, 한국의 우편체계로 인해 편지가 주인을 잘못 찾은 건 아닌지 걱정하는 글을 썼다. 우리나라 우체국을 못미더워 하는 듯한 내용에 자존심이 발동한 나는 한껏 무게 잡은 답장을 써서 부쳤다. 아니라고, 나는 지금 공부를 위해 고향을 떠나 있고 매우 바쁘니, 몇 년 후 대학 들어가서 여유가 생기면 내가 먼저 연락을 하겠노라고. 모리는 알았다고, 잊지 말고 소식을 달라는 편지를 보냈다.

그게 마지막이었다. 이후로도 나는 늘 바빴고, 모리는 우체국에서 영문 주소를 쓸 때 잠시 떠오르는 얼굴이었다. 그러면서도 등기우편이든 소포든, 습관처럼 받는 이의 주소를 봉투에 손으로 적어넣는 내게 우체국 직원이 인터넷우체국 가입을 권했다. 시키는 대로 가입 절차를 마치자 이메일이 왔다. 기념우표 발매 안내 메일링이었다. 매듭과 침선, 채상, 자수로 이뤄진 전통공예 우표세트를 보는 순간 왈칵 눈물이 쏟아졌다. 그 시절 모리가 골라 붙였던 봉투의 그 예쁜 우표들. 행여 찢길세라 살금살금 떼어 간직해 두었던 우표 앨범은 먼지를 뒤집어쓴 채 고향집 창고에 처박혀 있을 것이다.

더 늦기 전에 예쁜 기념우표를 일부러라도 붙여 편지를 써야지. 그런 생각을 하다 물렁물렁 기분이 좋아진 나는, 가느다란 봄 햇살 아래 서서 윤도현의 노래 〈가을 우체국 앞에서〉를 흥얼거린다.

'아저씨,
이제 나도 도원결의하게 됐어요.'

옛날 우리 고향에 광길이 아저씨라는 사람
이 살았다. 쌍꺼풀 짙은 눈에 사시사철 취기 가득 차 있
던 한량. 내 아버지보다 여덟 살인가 어렸지만, 광길이
아저씨는 처자식 먹여살리느라 바둥대는 그 연배 남자들
과 사뭇 다른 삶을 구가했다.

어려서 머리가 비상했다는 아저씨는 쉰여섯 가구가 사
는 우리 동네 가가호호의 대소사를 뚜르르 꿰고 있었다.
우리 증조부 기일이 음력 사월 초사흘이라는 것도, 금니
양반네 손주 돌이 칠월 열이레라는 것도, 생기평 아주머
니네 벌초 날이 돌아오는 주말로 잡혔다는 사실까지 모
르는 게 없었다. 아저씨는 이 집 저 집 바쁜 동네사람들
사이를 누비며 비공인 동네 소식통을 자처했고, '한 치

오차 없는 고급정보'를 적극 활용해 '취생몽사 醉生夢死'라는 당신 생의 이상을 구현하고 있었다.

　가만 보면 광길이 아저씨는 애경사가 든 집에 "안에 계시지유?" 한 마디 내뱉고는 거침없이 직진했다. 그렇게 사랑채든 마루턱이든 안방이든 자기 편한 곳에 자리 잡은 뒤 "아, 형님, 오늘 동아일보에 나온 그 냥반 말인 디유⋯." 황소 같은 눈을 끔벅이며 이야기자락을 풀어놓기 시작할라 치면 안주인은 마지못해 술과 음식을 내주는 식이었다. 동네 어른들은 이 철딱서니 없는 남자가 쩝쩝 소리 내며 배불리 먹고 떠나기 무섭게 눈을 흘기고 혀를 찼다. "어찌 저리도 낯가죽이 두꺼울까?" "말해 입만 아프지. 제 집 초가지붕에 굼벵이가 들끓는 줄도 모르고 저리 쏘다니기만 하니, 원." "아주 그냥 동네 생일상 제상 죄다 훑고 다님서 세상사 혼자 통달한 듯 육갑을 떤다니까."

　흉허물을 찾자면 어린 내가 아는 것만도 한 가마니가 넘었지만, 나는 아저씨가 싫지 않았다. 아저씨로 말하자면, 퍼내도 퍼내도 마르지 않는 이야기 샘을 장착한 사람이었기 때문이다. 아저씨는 중국 고전, 특히 《삼국지》에 정통했다. 매해 겨울 밤 아저씨는 동네 아이들을 모아놓고 《삼국지》를 들려주었다. "때는 지금으로부터 천칠백칠십년 전, 중국 탁현 거리를 배회하는 한 남자가 있었으니, 그 이름 유비라…."

재작년에도 작년에도 이야기는 미투리 삼는 유비와 푸줏간 주인 장비, 의로운 살인자 관우가 만나 복숭아 밭에서 의형제 맺는 장면으로 시작되었다. 도원결의桃園結義, 삼고초려三顧草廬, 사면초가四面楚歌 같은 사자성어가 튀어나올 때면 아저씨는 허풍 가득 담은 말로 친절한 주석까지 곁들이며 분위기를 띄웠다.

그게 그렇게 좋았다. 특히 아저씨가 그려내는 도원결의 장면은 듣고 또 들어도 가슴을 울렁이게 했다. 흩날리는 복사꽃 아래 굳은 약속을 하는 장면이라. 낭만적이지 않은가? 언젠가 화창한 봄날, 복사꽃 아래서 나도 꼭 도원결의라는 걸 해야겠다고 몇 번이나 다짐했다.

그게 40여 년 전이다. 술지개미 냄새 풀풀 날리며 동네를 휘젓고 다니던 광길이 아저씨는 쉰 갓 넘긴 나이에 세상을 떴다. 함께 이야기 듣던 친구, 형제들도 그 시절을 인상 깊게 기억하지 못한다. 다만 봄이 오면 내 마음은 아릿해지고 광길이 아저씨의 슬픈 듯 서늘한 눈빛과 목소리가 쟁쟁하게 떠올랐다.

어제 후배와 점심 먹고 선유도 공원을 산책하다 스무 그루 남짓 심긴 복숭아나무 곁에 이르렀다. 제때 맞은 연분홍 복사꽃 아래 앉았다. 나른한 봄볕을 받으며 기억 속 광길이 아저씨의 삶, 그이로 인해 품게 된 오래된 소망을 주저리주저리 늘어놓았다. 후배가 40년 넘게 간직해온 나의 위시리스트를 함께 실행할 벗이 되겠노라고 선뜻 나섰다. 어렵사리 도원결의할 벗을 구했건만 아뿔사! 맹약할 내용을 미처 생각하지 못했음을 그제야 알았다. 허둥거리는 내 뒤로 후배의 느물느물한 웃음소리가 들렸다. 매사 대처 능력 탁월한 그가 제안했다. 내년에 다시 오자고. 그러지 뭐.

광길이 아저씨 표현대로 '기분이 흥감해졌다.' 내년 봄 선유도 공원 복사꽃이 필 때 우리는 근사한 도원결의를 할 것이다.

못 마시는
술이 당기는 날

'왜 나쁜 예감은 틀린 적이 없나. 아닐 거라고 믿던 날 외면하나~.'

혼잣말 하듯 나지막이 읊조리는 인디밴드 노다이그런지의 노래를 따라 부른다. 가사와 달리 나의 경우 십중오륙, 나쁜 예감은 틀린 걸로 판명나지만 말이다. 그걸 알면서도 가끔 뒷목이 뻐근해질 때가 있다.

새 학기가 시작되기 직전인 2월 말. 어느 대학교 구내서점에서 3만 9,000원짜리 두툼한 학술도서를 다량 주문했다. 휘파람 부는 출고 담당자의 어깨 너머로 학교 이름을 본 순간 딸꾹질을 했다. 분위기를 감지한 담당자가 무슨 문제라도 있느냐고 내게 물었다. 어쩌면 왕창 반품될 수도 있으니 그 서점에 판매 가능한 최소 부수를 다시 한 번 확인하라고 당부했다. 밑도 끝도 없는 내 말에 입술을 비죽이면서도 담당자는 절차를 밟아 출고부수를 대폭 줄였다.

순전히 편견이었다. 6년 전, 늦여름이었다. 편집부로 걸려온 전화를 내가 받았다. 소년티를 벗지 못한 목소리로 그는 자기가 다니는 학교와 학부, 학번과 이름을 정확하게 밝혔다. 자신이 100명 넘는 1학년 과대표라고도 했다. 그가 전화 건 용건을 말했다. 자기네 과 학생들이 거의 다 듣는 2학기 교양필수 과목에서 교수님이 교재로 채택한 도서를 낸 출판사가 황소자리라는 거였다.

"근데요~," 말끝을 길게 늘어뜨리며 그가 계속했다. 어투가 어찌나 착착 감기던지, 아들의 속내를 들어주는 엄마가 된 기분이었다. "하필 그 책이 이번 강의만 끝나면 우리가 읽을 필요도 없는 거라서요. 책값도 3만 9,000원이나 하고요. 그래서 전화를 했거든요. 죄송하지만 과대표인 저한테 한 권만 보내주시면 안 될까요? 제가 학우들 필요한 만큼 복사하고 나서, 책은 출판사로 다시 보내드릴게요."

세상에나! 콩 타작하는 도리깨라도 된다면 '어차피 매일 쓰는 것도 아니잖아.' 맞장구치며 흔쾌히 내어줄 수 있으련만.

이 책 원고를 완성하기 위해 수년 간 몸 건강까지 상하며 고생한 저자 얼굴이 제일 먼저 떠올랐다. 게다가 수천만 원 제작비를 쏟아가며 책을 만들어낸 당사자에게 이런 요구는 '내가 장정들 불러 네 곳간에 쟁여놓은 쌀가마니를 들고 갈 테니, 너는 그냥 손에 쥔 열쇠나 잠깐 빌려주면 된다'는 공갈로 들린다.

상대가 너무 천진난만하게 나오니 정색하고 화를 내기도 난처했다. 그렇다고 길게 타이를 마음도 내키지 않았던 나는 책을 복사하려는 학생의 시도가 범법행위이며 출판사에 이런 전화를 거는 행동 역시 예의가 아님을 짧게 알려준 뒤 전화를 끊었다.

아마도 과대표로서 책임감이 지극하던 그 학생은 인근 도서관에서 책을 빌려 기어이 복사를 했으리라. 전화 이후 직거래로든 도매상을 통해서든, 그 대학에서 구매한 흔적은 없었으니까.

그리고 올 신학기에 맞춰 동일한 책을 주문한 곳이 하

필 그 대학이었다. 담당자를 통해 출고부수를 조정한 뒤 '나란 인간 참 쪼잔하고 편협하구나.' 자책을 했다.

　다만 현실은 상상보다 잔인할 때가 많다. 3월 중순이 지날 즈음, 지난번 주문한 책을 전량 반품해야 할 것 같다는 연락이 왔다. 해당 강좌가 폐강됐다는 사유가 붙었다. 심사가 잔뜩 꼬여버린 우리 담당자는 물류창고가 아닌 출판사로 책을 보내도록 한 뒤, 그 사이 찌그러지고 때가 묻은 책들을 골라내 증거사진을 전송하며 서점의 귀책사유를 묻는 것으로 분풀이를 했다.

　하지만 그때 내 호기심은 이상한 데로 향했다. 추측건대, 6년 전 교양필수 과목과 이번 강의를 개설했던 교수는 동일인일 것이다. 그 인문학자는 지금 어떤 마음일까? 소비자의 니즈를 읽지 못해 폐강까지 당한 데 자존심이 상할까, 아니면 제자들의 수준을 탓하며 좌절했을까? 그이가 누군지 알 수 있다면 이 추운 봄날 못 마시는 술이라도 실컷 사주고 싶은, 딱 그 마음이 간절해졌다.

"봤지!
저 예쁜 미소?"

우리는 여러 개의 얼굴을 지니고 산다. 자애로운 얼굴, 걱정하는 얼굴, 뿔난 얼굴, 시큰둥한 얼굴…. 수십 개의 얼굴들은 때와 장소에 따라 민첩하게 제 존재를 드러내며 주어진 역할을 수행한다. 그들 중 주연급을 꼽으라면 단연 미소 짓는 얼굴일 것이다. 미소는, 이를테면 사회적 동물인 우리가 장착해야 할 필수 아이템이다. 별다른 말 없이 살짝 웃는 것만으로 동서양 어디서든 내가 원하는 많은 메시지를 전달할 수 있다는 사실을 적지 않은 체험을 통해 나는 터득했다.

"어우, 꼴 보기 싫어. 이 집은 다 좋은데 쟤 말이야, 눈깔 내리깔고 있는 저 얼굴 땜에 입맛까지 떨어진다니깐."

식당을 나오면서 친구가 성질을 냈다. 피식 웃었지만 나역시 청년과 눈을 마주친 기억이 거의 없었다.

보름에 한 번쯤 들르는 이 식당은 우리가 자주 걷는 산책로 근처에 자리 잡은 태국 음식점이었다. 단출한 공간, 인근 식당에 비해 20퍼센트쯤 싼 가격, 무엇보다 모든 음식이 혀에 착착 감기게 감칠맛이 있었다. 다만 혼자서 홀 서빙을 하는 청년의 무뚝뚝한 손님 응대 방식은 나로서도 조금 신경 쓰였다. 혹시 내가 무의식중에 불쾌한 언행을 보인 건 아닐까? 그런 생각이 들어서 한번은 쌀국수를 먹으며 그에게 신경을 곤두세웠다. 청년은 음식을 먹고 나가는 등산객들이 던지는 "이 집 음식 맛있는데." 같은 찬사에도 별 대꾸를 하지 않았다. 그날 이후 태생적으로 과묵하거나 일이 적성에 맞지 않는 탓이겠거니 짐작했다.

며칠 전이다. 쌀국수를 먹고 싶어 하는 10대 후반 조카 두 명을 데리고 그 식당에 갔다. 작은 홀의 산뜻한 인테리어를 보자마자 아이들은 탄성을 지르며 스마트폰의 셔터를 눌렀다. 청년은 봄꽃처럼 하늘거리는 미소로 아이들을 안내했다. 혹시 조카들에게도 뚝뚝하게 굴까 봐 걱정하던 나는 내심 안도했다. 청년이 두 조카와 나에게 차례로 메뉴를 건넸다. 주문을 받을 때도, 음식을 테이블에 놓으면서도 그는 조카들과 눈을 맞추며 웃었다. 수시로 이쪽을 살피며 행여 반찬이 모자라지 않는지, 더 필요한 건 없는지 챙기는 그의 모습은 딱 자상한 큰오빠의 눈길이었다. 어쭈구리! 청년의 돌연한 변화를 알 리 없는 조카들은 새 메뉴가 나올 때마다 감탄사를 흘리며 청년에게 눈인사를 하고, 나는 무심함을 가장한 채 이 낯선 광경을 감상했다.

이튿날. 업무 차 회사에 들른 20대 후반 친구들과 점심을 먹다가 이 에피소드를 들려주었다. 이야기를 들은 한 친구가 의외의 말을 했다. "손님들하고 눈을 안 맞추는 건, 일종의 불문율이에요." 자기 역시 편의점과 식당 알바를 할 때 친구들로부터 유사한 충고를 여러 번 들었다고 했다. 손님에게 감정을 드러내지 말 것, 무엇보다 손님과 눈을 마주치며 웃지 말 것. "이상한 사람들 엄청 많거든요. 특히 나이 좀 있는 어른들, 진짜 조심해야 돼요. 아무렇지 않게 내뱉는 반말 듣는 건 일상이고요, 웃기지도 않은 농담에다 아무 때나 벌컥벌컥 화를 내고, 욕을 퍼붓는 사람은 또 얼마나 많은데요. 그런 사람들한테 크게 몇 방 맞다 보면 정말 현타 와요. 아, 내가 왜 이러고 사나. 언제까지 이런 거지 같은 생활을 계속해야 하나. 작은 식당에서 혼자 서빙하려면 아마 그 청년 무척 조심스러울 걸요?"

짐작조차 못한 이야기. 이만하면 젊은 친구들을 제법 안다고 자부하며 살았는데, 오히려 내가 현타 맞은 기분이었다. 미소조차 쉽지 않은 세상이라니. 뭔가 잘못 꼬여도 단단히 잘못 된 거 아닌가?

당장 뭐라도 하고 싶었던 나는 그 식당에 다시는 안 간다며 눈 흘겼던 친구를 살살 꼬드겼다. 하필 그곳의 팟타이가 너무 먹고 싶다면서.

문이 열리고, 눈이 마주쳤다. 나를 발견한 청년이 단골 손님 대하듯 활짝 웃었다. 봤지, 저 예쁜 미소? 우쭐거리는 나를 훑으며 친구는 코웃음만 쳤다.

'얼리버드'들이 판치는 세상에 고함

늦잠을 잤다. '쿵' 하고 들려온 위층 사람의 발소리에 눈을 떴다. 침침한 눈으로 스마트폰을 보니 아침 9시 2분. '큰났네, 지각이야.' 한순간 머리를 싸쥐었다. 그러다 서서히 정신이 돌아오며 정해진 시간 안에 출근하지 않아도 지청구할 사람이 없다는 사실을 깨닫고 안도했다.

창밖으로 비가 내렸다. 어두운 하늘 아래 하얀 매화가 새치름하게 봄비를 받아내는 중이었다. 비 내리고 날이 흐려서 늦잠을 잤구나. 그나저나 개인사업자로 산 지 15년이 더 지났건만 이놈의 출근 강박에서 벗어나지 못해 불쑥불쑥 놀라자빠진다는 데 생각이 미치자 기분 좋을 만큼 푹 자놓고도 부아가 치밀었다.

월급쟁이 생활을 하던 때, 내가 집을 구하는 최우선 조건은 회사와 가까운 동네였다. 버스로 세 정거장을 넘지 말고, 걸어서 20분 이내일 것. 순전히 몇 분이라도 더 아침잠을 자기 위해서였다.

그렇다고 밤이 되면 화려하게 깃을 뽑아 올리는 올빼미도 못 되었다. 단지 보통 사람들보다 두 시간쯤 많이 잤다. 밤 11시가 되기 전에 잠자리에 들어서 아침 7시 넘어야 일어나는 게으른 인생.

고백하자면 꽤 오랜 시간 동안 이런 수면 습관은 고쳐지지 않는 결함이자 콤플렉스였다. 함께 일하던 어느 유명 작가는 대놓고 나를 비웃었다. 매일 여덟 시간 넘게 자면서도 치열한 생존 전장에서 이탈하지 않는 걸 기적으로 여겨야 한다고 말이다. 하기야 그이는 이틀에 한 번, 네 시간씩만 잠을 자는 특이체질이었다. 밤새워 머리 맞대고 책과 글의 방향을 논의해도 아까울 판에 담당 편집자란 인간이 저녁만 처먹으면 꾸벅꾸벅 졸아대니 그이로서는 기가 찰 노릇이었을 게다.

잠을 줄여보려는 몇 번의 시도가 처참한 실패로 돌아간 뒤 나는 지각만은 하지 말자는 현실적 타협안을 세웠다. 회사 인근에 집을 구하고, 탁상시계를 5분 단위로 세 번 울리게 맞춰놓는 전략이 바로 그것이었다.

　뒤늦게야 알았다. 오랜 시간 나를 괴롭혀온 '일찍 자고 늦게 일어나는' 습관은 게으름의 징표도, 부끄러워 할 문제도 아니었다. 그 중요한 진실을, 월급쟁이 생활을 청산한 뒤에야 알았다는 게 얼마나 원통했는지 모른다. 지금 학자들은 잠이 통상의 휴식 차원을 넘어서는 우리 삶의 중대한 영역이라는 사실에 동의한다. 오직 잠을 자는 동안에만 우리 혈관계와 면역계, 피부, 간과 장기들은 새로운 세포를 만들어내므로. 오직 잠을 자는 동안에만 퐁퐁 솟는 성장호르몬의 도움을 받아 키가 크고, 노화에 맞선 싸움이 진행되므로. 그리하여 어제도 "나이보다 훨씬 젊어 보이네요."라는 소리를 들은 건 다 숙면 덕분이다.
　이토록 중요한 역할을 하는 수면 생체시계가 개인이나 연령에 따라 천차만별이건만, 이른 아침부터 일률적으로 시작되는 사회 시스템을 따라가느라 전 세계 30퍼센트 넘는 사람들이 매일 아침 좀비가 되어야 한다는 글을 읽을 때는 적잖은 연대감마저 느꼈다.

한 술 더 떠서 우리 출판사에서 낸 책《안녕히 주무셨어요?》의 저자이기도 한 신경생물학자 페터 슈포르크는 말했다. 문명인이라 자부하는 현대인이 하루바삐 뜯어고쳐야 할 게 바로 폭력적으로 운용되는 학생들의 등교 및 직장인의 출근 시간이라고. 확신에 찬 그 목소리가 얼마나 또렷했던지, 유럽의 몇몇 학교가 등교 시간을 9시로 미루는 실험에 나섰다. 단지 그것만으로 학생들의 성적이 좋아지고 보건실에 들락거리는 횟수가 줄었으며 우울감을 호소하는 비율이 뚝 떨어졌다는 것이다.

이 결과에 고무돼 등교 시간을 조정하는 학교가 늘고, 기업들은 개인이 일할 시간을 선택하는 탄력근무제를 도입해 예상치 못한 성과를 거두고 있다니, 얼마나 멋진 복음이란 말인가?

그래서 하는 말인데, 이제 우리 사회도 아침잠 많은 사람들의 인권 보호를 위해 발 벗고 나서야 할 때다. '전국 레이트버드연대' 같은 게 생긴다면 깃발 들고 앞장설 참이다.

능수벚꽃 아래서
별별 생각

2011년 봄날이었다. 스물두 살 미국 청년 포스터 헌팅턴은 친구 집에 식사 초대를 받았다. 저녁을 먹는 동안 동년배의 청년들은 파트너를 찾는 인터넷 사이트며 이성을 유혹하는 방법에 대해 떠들었다. 그때 헌팅턴에게 아이디어가 떠올랐다. '집에 불이 났다고 가정하자. 당신은 무엇을 들고 나올 것인가?' 이 질문을 통해 개인적인 취향과 인생관을 엿볼 수 있을 거라고 그는 생각했다. 한 사진작가는 카메라와 사진 원판을, 음악가는 아끼는 기타와 최초 노래가 메모된 냅킨을 챙길 것이라고 했다. 누군가는 할아버지가 돌아가시기 몇 달 전 선물한 소설 《분노의 열매》 초판을 꼽았다. 그들 삶의 은밀하고 섬세한 결이 고스란히 드러나는 목록이었다.

며칠 후 헌팅턴은 똑같은 질문을 인터넷에 올렸다. 몇 주 사이에 전 세계 3,000명 넘는 사람들이 답신을 보내왔다. 뉴욕 랄프로렌에서 패션디자이너로 일하던 헌팅턴은 사표를 내고 사연을 보낸 사람들을 찾아 미국 횡단여행을 떠났다. 그가 직접 인터뷰하고 사진 찍어 2012년에 《The Burning House》(한국어판 제목 '지금 나에게 가장 소중한 것')라는 제목으로 낸 책은 흡사 궁극의 추억 전시장을 방불케 한다. 찻잔, 캔디, 구두, 공구함, 메달, 테디베어, 가족사진, 편지….

어쩌면 헌팅턴은 그보다 20년 전 오클랜드에서 발생했던 어느 화재사건에서 아이디어를 얻었을지 모른다. 1991년 10월 아침, 완전히 진화했다고 믿었던 산불의 불씨 한 톨이 바람을 타고 솟구쳐 인근 주택가에 옮겨붙었다. 불길은 맹렬하게 번져 11초당 한 채 꼴로 집을 집어삼켰다. 소방관 포함, 25명이 사망한 이 화재로 인해 주민들은 평범한 일상이 어떻게 생사를 가르는 암흑천지로 바뀌는지를 몸서리치게 경험했다. 어린 자녀나 늙은 부모를 앞세워 시뻘건 불길을 뚫고 필사적으로 대피하던 그 짧은 순간, 사람들은 어쩌면 다시 못 올 보금자리에서 소중한 물건들을 서둘러 챙겼다. 언론에 감동적으로 소개된 기사에 따르면 고가의 미술품이나 보석, 증권 등 값나가는 물건을 집어든 이는 거의 없었다고 한다. 온몸에 재를 뒤집어쓴 생존자 대다수 손에 들린 것은 빛바랜 사진첩이었다. 죽음의 문턱에서 그들이 경험한 정신적 카타르시스는 그걸 지켜보는 사람들에게도 강렬한 메시지를 남겼다. 우리 생의 최종심에서 가장 소중한 것은 무엇인지를 오래도록 숙고하게 만든 것이다.

꽃들을 한꺼번에 피워낸 봄날 서울의 공원. 사람들은 추억 만들기에 분주했다. 능수벚나무 아래 주름치마 곱게 입은 모녀가 웃음을 짓고, 유모차에 아이를 앉힌 부부는 셀카봉을 들어 셔터를 눌렀다. '누군가에게는 이 봄이 평생 기억될 소중한 순간으로 남을 수도 있겠구나.'

그때 나른한 감상을 와장창 깨뜨리는 소리가 울렸다. 어깨띠를 두른 한 무리의 사람들이 공원에 들이닥쳤다. 코앞에 다가온 국회의원 선거 홍보에 열을 올리는 그들의 목소리가 공원 안을 가득 채웠다. 꽃무리에 취했던 사람들의 표정에 짜증이 올라왔지만 그들은 아랑곳하지 않았다. 봄 풍경에 쉽사리 스미지 못하는 그들의 절실한 눈빛과 맞닥뜨리자 마음이 요동치기 시작했다.

그러니까 현실은 간단치 않다. 오클랜드 화재와 관련해 잘 알려지지 않은 이야기가 있으니, 우리에게는 궁극의 추억보다 절박한 오늘의 삶이 엄존한다는 사실이다. 화염 속에서 가까스로 탈출해 서로를 보듬던 주민들은 몇 달이 지나 보상금 청구와 주택 신축 문제를 협상할 때가 되자 의견이 갈리고 서로 공격하며 등을 돌렸다. "자존심, 탐욕, 죄책감…, 온갖 너저분한 감정에 휩싸이는 게 싫지만 어쩌겠어요. 살아가려면 제값을 받기 위해 싸워야죠." 화재 직후 재투성이 앨범을 끌어안은 채 오열했던 한 남자의 말은 삶의 다층적인 풍경을 콘트라스트로 증언한다.

어깨띠를 두른 사람들에게 들이밀 내 몫의 청구서를 떠올렸다. 구멍이 숭숭 뚫린 집의 보상금을 꼼꼼히 정산하고 견실한 새집 설계도를 요구할 권리가 나에게도 있었다. 공원을 나서는데 사전투표소를 안내하는 화살표가 보였다. 들어가 투표를 했다. 또 한 번, 봄날은 이렇게 가고 있었다.

차라리
포도나무를 심자

　　　　　5년 전부터 감기약을 거의 먹지 않는다. 특별히 자연주의 치료법을 신봉해서는 아니다.

　체력이 떨어진 탓인지 마흔 넘어서부터 환절기마다 감기에 걸려 병원 신세를 졌다. 병원에서 조제해준 약을 사나흘 먹으면 차도가 있었지만 후유증이 만만치 않았다. 제일 불편한 건 약에 취해 몇 날 며칠 아득한 정신으로 일을 해야 한다는 점이었다. 감기 증세가 호전될 즈음부터 일주일 넘게 지속되는 두통과 메슥거림을 견디는 것도 몹시 고통스러웠다. 몇 번이나 이 문제를 두고 의사와 상담했지만 약으로 인한 부작용은 아니라는 말이 돌아왔다. 기력이 떨어진 데다 과로와 갱년기 증상이 겹쳤을 수 있다고 했다.

이래저래 답답하고 기분까지 잡친 나는 쉰 살을 코앞에 둔 5년 전 중대 결단을 내렸다. 더 나이 들기 전에 병원에 너무 의존하지 않는 습관을 들이기로 작정한 것이다. 우리 사회 허리세대로서 가뜩이나 아슬아슬한 건강보험 재정에 부담을 더하지 말자는, 알량한 자존심 한 조각까지 슬쩍 얹었다. 의사 선생님이 들으면 코웃음 치시겠지만, 나에게 착 감기는 처방전도 찾아냈다. 끓인 포도주, 흔히 '뱅쇼VinChaud'라고 불리는 음료를 만들어 마시는 거다. 프랑스어로 Vin은 '와인', Chaud는 '따습다'는 뜻이니 우리말로 '데운 술'쯤 되겠다.

인터넷에 나도는 제조법과 오래 전 유럽여행 때 한 번 마셔본 기억을 떠올리며 나만의 레시피 개발에 착수했다. 마트에서 제일 싸게 파는 적포도주 1.5리터를 큰 솥에 부은 뒤 사과와 귤, 레몬에다 냉동실에 오래 처박혀 있던 말린 살구와 열대과일까지 잘라 넣었다. 계피와 생강은 아낌없이 투척하고 여기에 평소 멀리하는 설탕, 그것도 흑설탕을 내 혀가 맛있다고 느낄 때까지 들이붓고는 약한 불에 한 시간쯤 부글부글 끓였다.

와인의 알코올이 빠져나오고 달큰한 과일주 냄새가 온 집 안에 진동할 즈음, 한 국자 떠서 맛을 봤다. 기가 막혔다. 끈적한 과일즙과 비슷해진 이 음료에서는 묘하게도 오래 전 미국 사는 고모가 사다줬던 넥타 맛이 났다.

넥타nectar로 말하자면, 그리스 신화에서 신들이 즐겨 마셨다는 불로장생의 신묘한 음료 이름이 아니던가. 만약 신화 속의 과실주가 이와 유사한 맛이었다면 세월아 내월아~ 사시사철 술에 취해 인간사를 저들 맘대로 휘둘렀겠군, 하는 생각마저 들었다. 나는 이 음료를 '넥타'라고 부르기로 했다.

플라시보 효과인지 아니면 효능이 제대로 먹힌 것인지, 이렇게 끓여낸 넥타를 사나흘 마시고 습도 조절만 잘 해주면 감기가 떨어졌다. 살짝 남은 알코올로 인해 알딸딸해지는 상태 역시 약에 취할 때의 늪에 빠진 듯 칙칙한 기분과는 많이 달랐다. 에너지가 넘치는 유쾌한 고양감이랄까? 철철이 앓던 몸살감기가 뜸해지면서 나는 피로하거나 기분이 안 좋을 때도 넥타를 만들어 마셨다.

이 좋은 걸 나 혼자만 알기 아깝다는 생각이 찾아들

즈음, 주변을 둘러보니 팔랑 귀들이 수두룩했다. 나는 그들에게 속닥거렸다. 감기와 과로에 좋은 나만의 비전 秘傳이 있다고. 착한 그들은 의심 없이 내 말을 믿었다. 직접 체험한 뒤 고마움을 전하는 이도 여럿이었다. 그런데 한편에서 슬슬 다른 소리가 흘러나왔다.

"병원에서 처방한 약 3,000원어치 먹으면 나을 몸살감기인데 넥타를 만들려면 최소 2만 원은 들어간다. 게다가 집 주변에 와인 싸게 파는 가게도 없으니 정 그 방법을 권하려거든, 몇 병 선물해주든가…."

나보다 나이 어린 혈육들이 걸어오는 클레임이었다. 그때 큰언니가 불쑥 나섰다. "차라리 포도나무를 직접 심자. 우리 먹고 포도주 담글 만큼만 수확하면 되잖아." 흐흐! 드디어 나보다 더 무모한 넥타 신봉자가 납셨구나. 뜻대로 됐다. 이제 내게 남은 건 내년 늦가을 잘 익은 포도를 수확하러 가는 일이다.

개돼지만도 못한
어느 공무원의 망발을 듣는 마음

초등학교 3학년 초였다. 선생님이 아이들을 호명하셨다. 남자 여섯, 여자 여섯. 할 이야기가 있으니 수업 끝나고 남으라셨다. 천둥벌거숭이 촌놈들이지만 웬만한 세상 이치 가늠할 줄 알았다. 선생님은 공부 처지는 남자애들을 여자애들에게 맡길 심산이셨다.

다른 친구들이 교실 밖으로 나간 뒤 선생님이 열두 명을 앞으로 불러모았다. "남자 여섯에 여자 여섯이니까 각자 마음 맞는 친구끼리 짝꿍을 만들어보자." 이웃 동네 혹은 같은 분단 친구끼리 우리는 짝을 지었다. "자! 이제부터 짝꿍들은 서로의 가디언, 즉 수호천사가 되는 거야. 언제 어디서든 서로가 서로를 지키고 보호하는 천사가 되는 거지."

'나머지공부'라든가 '보충학습' 같은 말 대신 선생님은 '가디언'이라는 생경한 이름을 우리에게 붙여주었다. 부족한 친구를 가르치는 게 아니라 서로에게 수호천사가 되어야 한다는 선생님의 말씀에 고개를 갸웃하면서도 그 말이 전하는 느낌이 묘하게 좋았다. 아이들은 웃고 떠들며 각자의 가디언과 교실 안에 머물거나 플라타너스 아래 벤치로 갔다.

투실투실 성격 좋고 달리기 잘하던 내 가디언은 한글을 깨치는 데 어려움을 겪었다. 운동장 옆 공작대로 가디언과 함께 간 나는 언니들이 내게 했던 방식대로 글자를 알려주었다. 자음접변이나 구개음화 같은 문법 용어는 아직 몰랐지만 돌이켜보면 어린 우리가 한글 쓰기와 읽기를 배우고 가르치는 원리는 매한가지였다. 신기하게도 내 가디언은 그렇게 어려워 하던 한글 맞춤법 원리를 며칠 만에 이해했다.

부족한 공부를 채워갈수록 가디언들끼리 몰려다니며 노는 시간은 많아졌다. 학교 텃밭에서 여섯 팀이 완두콩 따기 시합을 하고, 목공소 하는 친구네 집에 놀러가 나뭇결 따라 대패질하는 법을 배웠다. 손끝이 여문 내 가디언은 새총과 활을 참 잘 만들었다. 아무리 배워도 그 아이만큼 멋지지는 않았지만 나무가 부러지지 않게 구부려 탄력 좋은 활시위 만드는 법, 고기잡이용 작살 만드는 법을 배웠다. 좀 더 나중에 펑크 난 자전거 튜브 때우고 갈아 끼우는 요령을 알려준 것도 내 가디언이었다.

그 해 여름방학 때 가디언 친구들이 우르르 놀러 왔다. 참외밭 원두막에 있는 우리에게 할머니는 강낭콩 듬뿍 넣은 개떡을 해주시며 뭐가 그리 좋은지 연신 아이들 머리를 쓰다듬었다. "너희들이 다 동무고 수호천사라고? 아무렴, 동무는 다 좋은 거야." "공부 못하는 꼴등이래두요?" 내 가디언이 싱글거리며 물었을 때 할머니는 대답하셨다. "그렇고 말고. 곰보 째보 오줌싸개 똥싸개 부자 빈자, 서로 돕고 지켜주며 살아가는 게 진짜 세상 사는 맛이지." 잠시 낯빛이 어두워진 할머니가 말을 보탰다. "조심해야 할 부류가 있기는 하다만. 사람 귀한 거 모르고 함부로 업신여기는 인간, 그런 돼먹지 못한 종자들은 인두겁만 썼지 실은 개돼지만도 못한 금수란다."

옥수수와 참외와 개떡을 먹으며 우리는 까르르 웃었

다. 선생님과 할머니와 친구가 곁에 있는 한 금수 따위 두렵지 않았다.

벗과 어른들이 수호천사처럼 겹겹이 둘러싼 이 세상은 안전하다는 생각. 돌아보면 그 믿음에 지탱해 성장했다. 사회에 나와 가끔 '돼먹지 못한 종자'와 마주쳤지만 외면하면 별 탈 없으리라 여겼다. 그게 얼마나 큰 비겁이고 죄였는지 요즘 뼈아프게 깨닫는다. 사람 도리 배울 겨를조차 없이 세상 우습게 알고 속이는 재주 용케 익힌 '개돼지만도 못한 종자들'이 너무 많은 걸 무너뜨렸다. 울타리를 허물고 장독대를 깨고 가축우리를 부수고 아이들이 뛰놀아야 할 방에 쳐들어와 야수의 정글로 만들기까지, 어른이 된 우리는 무얼 했던가.

옛날 선생님과 할머니의 가르침을 올곧게 지키지 못했다. 나와 내 벗과 아이들을 위해 수호천사가 되어야 할 의무를 다하지 못한 대가가 크다. 자고 나면 툭툭 불거지는 돼먹지 못한 종자들의 난동을 보며 분노보다 자책이 앞서는 건 그 때문이다.

아우,
저 백팩을 그냥!

내가 일하는 회사는 집합건물에 속해 있다. 100개 넘는 중소 사업체가 한 건물을 공유하는 전용 비즈타워이다. 2,000명 넘는 사람들이 매일 이곳에 출근해 따로 또 같이 일을 한다.

5년 가까운 시간 동안 오가며 마주치다 보니 몇몇 분들과는 제법 두터운 친분이 쌓였다. 가끔 만나 밥 먹고 차도 마신다. 전혀 다른 업종에서 일하는 사람들 간 교류는 색다른 호기심과 긴장을 불어넣는다. 같은 건물에 입주하지 않았다면 평생 모르고 지나쳤을 사람들의 속내를 듣는 일이니, 오늘이 어제 같고 내일이 또 오늘 같을 지루한 밥벌이 현장은 한층 풍성한 리듬감을 얻는다. 기후 관련 데이터를 채집하고 분석하는 기업가나 의료용

시약 연구개발자, 측량 전문가가 만나 서로의 이야기에 귀 기울이고 공감하는 건 그 자체로 흔치 않은 풍경이다.

다만 이런 만남에는 함께 살면서 감내하는 크고 작은 애로도 단골메뉴로 등장한다. 아, 지겨운 엘리베이터.

원흉을 찾자면 집합건물 속성상 최소 법 규정에 딱 맞춰 엘리베이터를 설치한 건설사에게 화살을 날려야 하지만, 여기서 파생되는 다른 문제가 선량한 사람들을 노이로제에 빠뜨린다. 무질서다. 특히 점심시간 무렵, 일층 로비의 엘리베이터 앞은 진풍경을 만들어낸다. 사람들을 가득 실은 엘리베리터가 도착하기 무섭게 대기하고 있던 사람들이 우르르 올라탄 후 지하로 내려간다. 처음에는 그들이 지하 일층 구내식당에 가는 줄로만 알았다. 아니었다. 다시 올라온 엘리베이터는 이미 만원이다. 조금 전 일층에서 타고 간 인원에다 지하 식당을 이용한 사람들이 더해진 까닭이다. 그러다 보니 곧이곧대로 줄을 서서 기다리던 사람들은 쓴맛을 다시며 계단으로 향하고, 한두 번 이런 피해를 당하다 보면 '나 혼자 바보 될 수 없잖아.' 하는 심정으로 무질서 대열에 동참하기 십상이다.

입주 초기, 한두 차례 이런 일을 겪으며 감정이 상해버린 나는 일찌감치 그 시간대에 엘리베이터 타는 걸 포기했다. 대신 계단을 통해 7층 사무실까지 걸어 오르내렸다. 이렇게 하는 편이 잘 알지도 못하는 사람들에게 화내고 감정싸움 하는 것보다 여러 모로 이득이라고 스스로 다독이면서.

나야 간단히 회피하는 쪽을 택했지만 모두에게 맞는 처방은 아니었다. 24층에 입주한 회사 대표님의 하소연은 우스우면서도 딱했다. "점심식사 후 올라가는 거야, 뱃살도 뺄 겸 쉬엄쉬엄 계단을 걸으면 돼요. 골칫거리는 밥 먹으러 내려갈 때라니까. 11시 30분이 넘으면 우리 층에 올라온 엘리베이터 안에 이미 사람들이 바글바글해요. 아래층 사람들이 아예 타고 올라와 버리거든요."

우리 건물만의 문제는 아닐 것이다. 주변 곳곳, 사람이 모이는 장소라면 비일비재하게 빚어지는 익숙한 무질서다. 툭하면 불거지는 아파트 층간소음 문제, 열차가 도착하기 무섭게 오뉴월 아이스크림보다 빨리 무너져 내리는 지하철 대기줄, 뒤에 누가 오든 말든 툭툭 놓아버리는 공공건물의 여닫이 출입문…. 일상의 무례와 무신경, 무질서에 맞서 캠페인을 벌이고 더러 용감한 개인이 나서보지만, 소심한 대다수는 입을 다문 채 끙끙 앓는다. 자칫 잘못 나섰다가 목소리 큰 상대의 역공에 휘말려 악몽으로 번질 위험이 큰 탓이다.

세상이 확 바뀐 듯 유쾌한 마음으로 출근하던 오늘 아침. 내 옆으로 내달리는 청년의 백팩에 머리를 세게 맞았다. 조금만 민첩했더라도 청년을 붙잡아 잘못을 일깨우고 사과를 받아냈으련만, 뜻밖의 봉변에 주춤거리는 사이 갈 길 바쁜 청년은 저 멀리 내빼버렸다. '이런, 백팩아! 내 머리통 깨지는 줄 알았다고. 좋던 기분 잡친 건 또 어쩌란 말이냐.'

오늘도 혼자 구시렁거리며 눈만 흘겨댄다. 다른 사회 시스템들은 숨이 헉헉거릴 만큼 변화를 거듭하는데, 오랜 시간이 지나도 차도가 없는 이 고질병을 확 들어낼 처방전은 대체 어디에 있단 말인가?

꿈은 얼결에
현실이 된다

1983년 코네티컷 후사토닉 계곡 인근의 버려진 낙농장을 매입하던 때, 그의 꿈은 야무졌다. 어린 시절 외할아버지 농장에서 뛰놀며 당근과 호박과 토마토를 수확하던 기억을 이제야 내 손으로 재현하게 되었구나, 햇살 내리쬐는 들판에서 자연과 공존하는 삶을 물리도록 누려야지. 하루 평균 90분밖에 햇빛이 들지 않는 뉴욕의 아파트에 살며 오매불망 짙푸른 야생을 그리워하던 마이클 폴란은 당장 텃밭 가꾸기에 돌입했다.

스물여덟 살, 전도유망한 청년학자로서 범상치 않은 글발을 날리던 그 시절의 폴란은 헨리 데이비드 소로의 충실한 추종자였다. 월든 호숫가에 3년 간 은신하며 호미와 곡괭이보다 잡초와 벌레를 더 사랑했던 사내. 한 해콩 농사쯤 망치면 어떠랴. 무성한 풀들이 새와 곤충에게 맛있는 먹잇감을 제공한다면, 이 또한 즐겁지 아니한가?

농장에 짐을 푼 폴란은 다짐했다. 정원에는 이랑을 만들지 말고 다년초 식물과 잡초가 더불어 사는 공간으로 꾸미겠다고. 이 아름다운 땅에서 내 뜻만 고집하는 건 우아하지 않을 뿐더러 소로의 후예로서도 부끄러운 짓이니까 말이다.

야심찬 계획은 채소 모종을 심은 다음날부터 어그러졌다. 땅다람쥐가 나타나 애써 심은 모종을 잘 차려진 제 밥상인 양 먹어치웠다. 정원 식물들과 사이좋게 자라줄 거라 믿었던 잡초의 생명력은 또 얼마나 무서운지 며칠 지나지 않아 폴란이 심은 채소들을 죄다 가려버렸다. 박테리아와 진딧물의 공격도 만만치 않아서 벌레 먹은 화초들은 꽃을 피우지 못했고, 토마토는 서리가 내리도록 익지 않았으며, 잔뜩 기대하고 수확한 당근은 엄지손가락보다 가느다란 잔뿌리 신세를 면치 못했다. 처참한 실패를 손에 쥔 마이클 폴란은 마침내 폭발해서 욕설을 퍼붓는다. "아무렴 즐겁고 말고, 헨리 소로 양반. 그 다음

엔 굶어죽는 거야."

폴란은 쉽게 물러설 생각이 없었다. 첫 해 농사의 쓰디
쓴 실패를 곱씹으며 겨우내 절치부심한 그는 봄이 오자
괭이를 들고 밭으로 나가 거친 흙덩이를 잘게 부수는 작
업부터 시작했다. 퇴비를 섞어 땅을 부드럽게 하고 이랑
을 새로 만들어 주었더니, 그 해 여름 당근은 오동통한
담황색 어깨를 밀어올렸다. 셔츠에 흙을 문질러 닦고 한
입 베어 물었을 때 신선하고 달달한 향이 입 안을 가득
채웠다. '당근다운 당근'의 맛과 향이었다.

어설픈 낭만을 걷어낸 폴란의 땅은 점점 더 재밌는 공
간으로 변모했다. 너무 인위적이라서 꺼리던 기하학 형
태의 화단을 만들어 장미와 튤립을 심는가 하면 자신의
욕망을 번번이 무력화하는 습지와 더 이상 대치하지 않
는 지혜도 얻었다.

폴란이 세계적인 베스트셀러 작가로 부상하기 전 그
러니까 먹을거리와 환경문제에서 독창적인 대안을 내는
거물로 성장하기 전, 《세컨 네이처》라는 제목으로 낸 책
은 바로 이 시기의 즐거운 부대낌을 들려준다. 7년 간 땅

을 일구며 그는 프로 정원사로 거듭났을 뿐 아니라 인간과 세상을 보는 새로운 안목을 터득했을 터, 나는 폴란의 눈부신 지성과 사유를 싹 틔우고 단련시킨 토양이 바로 이 시기라고 믿으며 열렬히 질투해왔다.

그러다가 지난 연휴, 고향에 들른 내가 소박한 기회를 잡았다. 엉겅퀴와 개망초가 무성한 고향집 옆 노지를 밭으로 개간한 것이다. 동생과 조카들과 부모님을 꼬드겨 풀 뽑고 쇠스랑으로 땅을 돋운 뒤 퇴비 주고 이랑까지 만들었다. 아버지는 "네가 시작한 일이니 이곳은 네가 책임져라." 하셨지만, 나는 돌아서서 채소 이름만 줄줄이 읊어댔다. 아삭이고추, 오이, 들깨, 가지, 로메인 상추, 그리고 가장자리에는 조선호박….

서울로 돌아와 아버지에게 전화를 드렸다. 그새 모종을 다 심으셨다고 했다. 그러니 2주에 한 번 꼴은 내려와서 밭을 돌보라는 당부가 덧붙었다.

어금니 질끈 물고, 나도 한번 해볼 참이다.

존재감을 뽐내는
특이한 기술

어느 무리에든 돌출되는 사람은 나오게 마련이다. 최근 터키 여행을 다녀왔다. 스물여섯 명으로 구성된 패키지였다. 오픈한 지 얼마 안 돼 깨끗하고 한산한 이스탄불 신공항에 내릴 때부터 한 남자의 목소리가 귓전을 때렸다. 심상치 않은 존재감. 입국심사를 마치고 전세버스를 타러 이동할 때까지 그 목소리는 멀어지지 않고 따라붙었다. 그이를 포함한 친인척 여섯 명이 우리 패키지의 멤버였던 거다.

다행히 버스 맨 뒷자리에 앉은 우리 가족과 달리 그이네 일행은 맨 앞자리를 차지했다. 나이든 몇몇 사람들이 그에게 눈총을 주든 말든, 여행이 마무리될 때까지 지금의 자리 배치가 유지되면 참 좋겠다고 혼자 생각했다.

무심함으로 포장하던 나의 졸렬함이 드러나는 순간은 머잖아 찾아왔다. 다음날 점심식사를 할 때였다. 저쪽 테이블에 앉아 있던 그이가 서빙하는 터키 청년을 손짓으로 부르더니 홀이 다 울릴 만큼 큰 소리로 김치와 고추장을 달라고 했다. "한국 사람을 단체로 받았으면 김치, 고추장을 내는 게 도리지. 두유 노우 김치?" 뭐가 그리 재밌는지 그이 일행은 테이블을 두드리며 웃어대고, 사기충천해진 그이는 깻잎장아찌와 깍두기까지 줄줄이 나열했다.

그 테이블의 웃음소리가 커질수록 품위와 예절을 몸소 실천함으로써 이웃나라 여느 관광객들과 차원이 다른 '코리안 에티튜드'를 각인시키리라 다짐했을 다른 이들의 얼굴에는 곤혹을 넘어선 모종의 절망감이 감돌았다. 그건 애국심이 투철한 나도 마찬가지여서 솟구치는 짜증을 안면 근육에 가득 실어 그쪽을 째려보았다. 그러다 마주앉은 올케와 시선이 닿았다. "형님, 이걸 어째요? 여행 내내 저 꼴을 견뎌야 할 듯해요." 일찌감치 '글로벌스탠다드 매너'를 온몸으로 체득한 올케는 울 듯한 표정이었다.

사흘째 저녁. 호텔 로비를 분주하게 누비던 그이가 개

선장군처럼 우리 패키지 일행에게 다가왔다. "우하하! 방금 들어온 기쁜 뉴스예요. 오늘 새벽에 우리가 탄 그 기통찬 풍선 있잖아요? 내일은 바람이 불어서 그 풍선이 아예 못 뜬답니다. 캬! 돈 쫌 더 들여서 터기 비행기로 갈아타고 하루 일찍 여기로 오길 천만다행이지. 저기 저 사람들, 엊그제 인천공항에서 우리랑 같은 비행기로 출발했거든요. 아하, 그런데 어쩌나? 몇 푼 아끼겠다고 이스탄불에서 여기까지 하루 반 걸려 버스 타고 오는 바람에 터키 여행의 별미라는 풍선을 못 타게 생겼네."

여기저기서 눈 흘김이 쏟아졌지만 카파도키아 열기구만큼이나 단단하게 부풀어오른 그이의 행복감에 흠집을 내기에는 역부족이었다.

그리고 다음날 점심때였다. 하필 옆 테이블에 앉은 그이가 '김치, 고추장'을 입에 올리는 순간, 나는 비행기에서 꼬불쳐둔 고추장 튜브 두 개를 그에게 건넸다. '부탁이니 제발 그 입 좀 다물어주세요.'란 말은 차마 못 꺼냈다.

고추장을 받은 그이의 표정이 아이처럼 환해졌다. 그 모습을 보자니 나도 모르게 웃음이 터졌다.

고추장을 아껴 드시고 원기를 보충한 걸까? 빡빡한 일

정에도 굴하지 않고 그이는 마지막 순간까지 맡은 바 소임에 충실했다. 돌아오는 이스탄불 공항에서 그가 우리 패키지 일행을 찾아다니며 알렸다. "잘 들어요. 지금 여기 있는 **투어, **관광, **파크투어, *좋은여행 팀들, 전부 다 그 기똥찬 풍선을 못 탔대요. 고로 우리만 터키여행을 제대로 한 셈이지." 그 말을 들은 교양 있는 이들의 표정에 미처 숨기지 못한 기쁨의 미소가 번졌다.

드디어 인천공항에 도착해 짐을 찾고 돌아서는데 어느새 익숙해진 그 목소리가 나를 불러세웠다. "이보시오, 젊은 양반. 고추장, 정말 고마웠어요. 내 잊지 않으리다." 아 놔, 그놈의 고추장. 천천히 돌아서서 마주 인사를 했다. "아아, 네. 선생님도 오래오래 건강하세요." 내 표정이 어색하지나 않을까 걱정했으나 기우, 그야말로 쓸데없는 걱정이었다. 내 감정 따위 1도 개의치 않는다는 듯, 그는 꽃 같은 웃음을 날리고는 이내 돌아서서 힘차게 출구로 향했다.

보물지도 그리기

스코틀랜드 작가 로버트 스티븐슨은 감수성이 돋보이는 수필과 평론으로 문단에 데뷔했다. 몸이 약해 어린 시절 정규교육을 받기조차 힘겨웠다는 그는, 등대기사가 되라는 아버지의 요구를 '건강상 사유'를 들어 야멸차게 뿌리쳤다. 대신 유럽 각지 좋은 곳을 돌아다니며 글 쓰고 친구 사귀는 데 전력했다고 한다.

저 유명한 모험소설 《보물섬》을 쓴 건 결핵 치료차 찾은 스위스 다보스에서였다. 그 전 해인 1880년, 스티븐슨은 4년 동안 사귀던 미국인 유부녀 패니 오즈번과 결혼에 골인한 상황이었다. 금지옥엽 키운 외동아들이 대서양 건너 나라 유부녀와 정을 통하자 스티븐슨의 부모는 어지간히 애를 태운 듯하다. 예나 지금이나 금지된 사랑이야말로 애끓는 열정의 불쏘시개인 법이다. 아들을 뜯어말리다 못해 재정적 지원까지 끊어버린 부모의 눈물겨운 결단이 병약한 스티븐슨의 몸과 맘에 불을 지폈다. 그는 연인이 사는 캘리포니아로 갔고, 첫 남편과 막 이혼한 패니 오즈번과 결혼했다.

다보스에서 휴양하는 틈틈이 스티븐슨은 아내 패니가 데려온 의붓아들 로이드와 함께 그림을 그리고 아이의 눈높이에 맞춰 여러 이야기를 지어냈다. 어릴 적부터 물리게 보았던 항구와 바다를 배경 삼아, 아들 또래 소년이 모험을 떠나는 이야기였다. 스티븐슨은 직접 그린 지도까지 곁들여 아들의 상상력에 날개를 달아주었고, 이걸 엮은 소설은 예상 밖의 성공을 거두며 날개 돋친 듯 팔려나갔다.

항구에 잇닿은 '벤보우 제독 여인숙' 아들 짐 호킨스는 이후 오랫동안 전 세계 수많은 아이들이 선망하는 스타였다. 충청도 시골에서 자라 바다 볼 기회가 없던 나에게도 《보물섬》은 미시시피 강을 배경으로 하는 《허클베리 핀의 모험》과 전혀 다른 판타지를 선물했다. 거센 파도

일렁이는 바다와 낡아빠진 해적선이 불러일으키는 설렘이란, 이 세상에 존재하지 않는 것들에 대한 낭만적 환상에 다름 아니었다.

짐의 모험에 견주자면 부끄러운 수준이지만, 미미한 대로 유사체험을 할 기회는 우리에게도 있었다. 소풍날 찾아오는 보물찾기. 학교 뒤편 냇가로 떠났던 초등학교 3학년 봄소풍은 특별했다. 김밥과 사이다로 점심을 먹은 우리 손에 어설프게 그린 보물지도가 쥐어졌다. 보물은 풀숲에만 있는 게 아니었다. 찰랑찰랑 오금을 간질이는 냇물 건너 바위 틈과 나뭇가지, 물 아래 깔린 자갈과 수초 사이에도 비닐에 싸인 쪽지가 교묘하게 숨겨져 있었다. 아이들은 환호성을 지르며 보물을 찾고 모래무지를 잡았다. 틀림없이 《보물섬》을 읽으셨을 고마운 선생님은 지금은 무얼 하고 계실까?

지난 봄, 가족여행을 앞두고 그 기억을 떠올렸다. 모임 때마다 장기자랑 하느라 애쓰는 어린 조카들에게 뭔가 신나는 체험을 선물하고 싶었다. 책 살 때 딸려온 가죽 필통, 미니선풍기, 텀블러, 은행에서 적금 들고 받은 찻

잔이며 우산, 프라이팬 세트, 여행지에서 기념품으로 산 가방과 모자, 엽서 등을 트렁크에 주섬주섬 담았다.

여행 마지막 날, 작은 개울까지 딸린 숙소 앞 정원에서 보물찾기를 했다. 대충 그린 보물지도를 손에 쥐고 애 어른 할 것 없이 대소동이 벌어졌다. 애들이야 그렇다 쳐도 나이든 어른들의 반짝이는 눈빛은 의외였다. 여든 살 넘은 엄마가 명쾌하게 정리했다. "재밌잖니? 모처럼 철부지 시절로 돌아간 기분이네. 살펴보면 세상만사가 숨겨진 보물 천지일 텐데, 싶은 마음도 들고…."

'일상 속 보물을 찾아내는 안목을 키우기 위하여!' 우리 형제는 보물찾기 놀이를 정례화하기로 했다. 다시 찾아온 가족모임을 앞두고 그동안 모아놓은 스카프며 머그컵 등을 챙기다가 몇 년 전에 나온 《보물섬》 완역판을 여태 못 읽었다는 데 생각이 미쳤다. 모임 전까지 읽고 나서 보물찾기 물품으로 내놓을 궁리를 하며 한 권을 주문했다. 결국 또 책이라는 게 밋밋하지만 뭐 어떠랴, 모든 재미의 시작은 이 책이었으니 말이다.

'섬'이라는 단어는 나에게 일종의 시어詩語였다.

시인 정현종의 '사람들 사이에 섬이 있다.'라는

문장에서처럼 은유로 기능하는 단어.

그런데 나이든 엄마는 하고많은 볼거리를 놔두고

왜 섬에 가고 싶다고 하는 걸까?

명약이 탄생하는
풍경

저녁 무렵 회사 근처로 지인이 찾아왔다. 근처 된장찌개집 앞에서 기다릴 테니 얼른 나오라는 메시지가 떴다. 사전 약속도 없이 누군가 찾아오면 덜커덕 걱정이 앞선다. 다소 피로해 보이는 그를 데리고 식당으로 들어갔다. 음식을 주문하자마자 무슨 일이냐고 물었다. 그가 무심하게 대꾸했다. "응? 이거 먹으려고. 온종일 그리웠어. 내 영혼의 비타민 같은 음식." 놀고 있네. 안도 섞인 콧방귀가 터졌다. 뒤이어 '비타민 어쩌고' 하는 그의 말에 걸려 어떤 풍경이 스르르 떠올랐다.

어느 해인가 미국을 다녀온 친구가 종합비타민 한 통을 여행기념 선물이라며 주었다. 우리 나이 20대 중반이던 무렵이다. 지금 생각해보면 그 친구, 어린 나이에 배포도 컸다. 비타민 500정이 들어 있는 플라스틱 병이 대용량 샴푸 통만큼이나 우람했다. 아는 사람은 알 텐데, 미국에서 만드는 영양제는 한 알의 크기도 무식하게 크다. "유에스아메리카에 사는 인간들은 목구멍도 큰가봐." 한 알을 삼키다 목에 걸려 혼쭐이 난 나는 구시렁거리며 그 통을 시골 엄마에게 가져다 주었다. 하기야 종합비타민 같은 거 안 먹어도 '내 영혼의 비타민'은 천지사방에 넘쳐날 때였다.

얼마 후 고향에 간 나는 참으로 희한한 광경을 목격했다. "대현이 엄마, 집에 있지유?" 아랫동네 아주머니 한 분이 명치끝을 주먹으로 치며 우리 집으로 들어섰다. 마중 나간 엄마를 보며 그이가 계속했다. "나 미국 약 두 개만 줘봐유. 하이고 참, 복장이 터져서…."

뭔 일인가 궁금하던 순간, 엄마가 얼른 물 한 잔과 종합비타민 통을 가져오더니 두 알을 꺼내서 내미는 게 아닌가? 방에 앉아 그 모습을 지켜보던 내가 눈을 치뜨며 일어서는 찰나, 고등학교에 다니던 막내 동생이 의뭉스런 눈빛으로 내 팔을 잡아끌었다. "어허! 저기는 언니가 낄 자리가 아녀."

태생적으로 겸손할 수밖에 없는 여러 조건을 타고난 나는, 나보다 여덟 살 어리지만 지능지수가 10쯤 높은 막내 동생에게 존경 비스름한 감정을 느껴온 터였다. 고분고분 도로 앉은 내게 그 애가 속삭였다. "요 며칠 지켜봤더니 언니가 우리 동네 어른들한테 아주 큰 선물을 했더라구. 지난주에 금이댁 아줌마가 머리가 부서질 듯 아프다고 오셨거든. 근데 말야, 저 비타민 두 알 먹고 한 시간쯤 엄마한테 신세타령을 늘어놓고선 두통이 싹 가셨다며 평안한 얼굴로 돌아가시는 거야. 엊저녁에는 아랫집 홍씨 할아버지가 술병이 도졌다면서 미국 약 두 알 달라고 오셨지. 마루에 걸터앉아 한참을 흥얼거리시다 저녁밥까지 맛나게 자신 뒤 일어서면서 한 말씀 하던걸? 역시 미제 약이 신통하다고."

말인 즉, 종합비타민이 동네 어른들의 만병통치약 구실을 하고 있다는 얘기였다.

그나저나 저렇듯 천연덕스럽게 장단을 맞추는 엄마가 나는 좀 밉살스러웠다. 눈 흘기는 나를 동생이 다독였다. 저 양반들, 피차 다 알고 저러시는 거라고. 그러니까 우리는 미제 약의 놀라운 효험이나 구경하자고 말이다.

역시나. 동생의 말이 맞았다. 비타민 두 알을 삼킨 아랫말 아주머니는 자리에 눌러앉은 채 배추씨 뿌리는 일을 두고 그 댁 바깥어른과 한바탕 부딪친 사연을 엄마에게 직접화법으로 죄다 털어놓고는 그제야 체증이 좀 내려간다며 서둘러 떠나갔다. 그 모양을 지켜보자니 신묘한 화타가 바로 여기 재림하셨구나, 싶어서 우리는 키득키득 웃었다.

된장찌개를 맛나게 먹은 지인과 나는 근처 카페로 갔다. 그가 이야기를 했다. 들어보니 오늘 그가 겪은 일은, 그리 심각하지 않은 직장생활의 해프닝이었다. 다만 이일로 인해 하루 종일 그는 울적했던 것 같다. 올 때와 다르게 가벼운 표정으로 일어서던 그가 말했다. "된장찌개 그리울 때 또 올게." 나는 고개를 끄덕였고 그는 손을 흔들며 지하철 선유도역 안으로 사라졌다.

혼자 산에
가지 말라고?

그냥 산에 가는 건 어린 시절부터 몸에 밴 습성이었다. 돌아보면 두 발로 편히 걷게 된 유년기부터 고향마을 산과 골짜기를 누볐다.

가난하던 그 시절, 산에 오르면 우리는 부자가 됐다. 문둥이가 나무 뒤에 숨어 있다가 "참꽃 줄게 눈썹 다오." 하며 아이들만 꾀어간다고 어른들이 겁을 주어도 어린 우리는 호기로웠다. 이 산 저 골 옮겨 다니며 속이 쓰리도록 진달래와 아카시아 꽃을 따먹고 여린 찔레순 껍질을 벗겨 친구 입에 넣어주었다. 5월 초순 비 내린 직후 무릉골 민둥산으로 달려가면 우리 힘으로 들고 오기 버거울 만큼 많은 양의 고사리를 꺾을 수 있다는 것도, 그 고사리만 있으면 설령 밥 때를 놓쳐 집으로 가도 엄마한테 혼나지 않는다는 사실까지 대여섯 살 우리는 귀신같이 알았다.

큰골 초입 무덤가에 군락을 이루며 피어나던 할미꽃의 연약한 아름다움은 지금도 눈물나게 그리운 기억 속 한 풍경이다. 좀 더 깊이 들어가면 보라색 난초꽃을 만날 수 있지만, 보드라운 할미꽃 솜털을 조심조심 만지는 것만으로 정신이 아연해지기 일쑤였다. 행여 시들까 꺾지도 못하고 손끝으로 쓰다듬다 무덤에 기대 잠든 게 몇 번이던가. 여름이 깊어질 무렵 골짜기 돌 틈에서 몸집을 불린 가재와 모래무지도 우리 차지였고, 늦가을 겉껍질이 쩍쩍 벌어진 으름과 산밤나무 열매를 거두노라면 부쩍 짧아진 해가 원망스럽기만 했다.

특히 6월 초의 산은 내 눈에 낙원이었다. 이 무렵 봄꽃을 떨군 숲은 경이로운 색깔로 변신을 해댔다. 탱탱하게 여문 나무와 풀의 녹색은 6월 초에 제일 예뻤다. 매일 깊어지는 초록은 아무리 봐도 물리지 않는 이상스런 빛깔이었다. 독 오른 뱀을 만날 위험도 적고, 쐐기니 송충이 같은 벌레가 득세하기에도 이른 시기. 이때쯤 산은 어린 아이 혼자 쏘다녀도 두려울 게 없는 평화의 공간이었다. 게다가 산딸기와 오디가 지천으로 익는 계절이었다. 어릴 적 혼자 들어선 산에서 정말 맛있는 뽕나무 열매를 발견한 이후, 손과 입 주위가 시커메지도록 오디를 따먹고는 어떤 감정에 휘둘렸는지 큰 소리로 펑펑 울었던 날 이후, 산등성이에 올라 석양을 감상하는 일은 내 유년기의 비밀스런 행복 중 하나였다.

서울 올라와서도 오래도록 북한산과 인왕산 언저리를 떠나지 못했던 건 전적으로 산이 선물하는 안온한 평화 때문이었다. 헝클어진 일상사로 머리가 복잡할 때, 일에 치여 심신이 피폐해졌다고 느낄 때, 그저 아무 일 없어 심심할 때 혼자 산에 갔다. 잘 정돈된 도심의 산길을 걷다 보면 모나고 쪼잔해지던 감정들이 제자리를 찾았다. 게다가 서울의 산에는 사람들이 있었다. 바위산을 오르내리며 주고받는 가벼운 인사와 웃음, 물병을 건네며 나누는 몇 마디 말로도 나와 크게 다르지 않은 그들의 속내가 읽혔다. 고만고만한 걱정과 엇비슷한 체험과 짧게 건네는 사심 없는 격려의 말이 지닌 힘은 의외로 컸다.

벼르던 6월 산행을 앞두고 상황이 어그러졌다. 고향에 계신 엄마가 먼저 전화를 주셨다. "세상이 갈수록 험악해지니, 당분간 혼자 산에 가지 마라." 친구와 후배도 문자를 보냈다. "혹시 산행 계획 잡았으면 이번엔 나랑 같이 가요." 모두의 안식처로 기능하던 서울 산에서 홀로 등산하던 여성이 살해당했다는 뉴스가 연이어 나온 직후였다.

당분간 조심하면 될까? 익숙한 길에서 홀로 횡액과 마주했을 피해 당사자의 충격과 공포, 한두 명의 악행이 시민 정서에 끼치는 무시 못할 파괴력, 40년 넘게 내 삶을 북돋워주던 일이 위험천만한 행동일 수 있음을 불현듯 인식할 때 찾아드는 감정은 슬픔과 무력감, 그리고 분노다. 이틀을 고민하다 예정대로 산에 가기로 했다.

상황에 굴복하지 않겠다는 오기가 발동했지만 의심과 두려움까지 떨쳐낼 수는 없었다. 하여 동행할 친구를 구했다. 뭔가 묘책이 필요한테 지금 내게는 달리 방법이 떠오르지 않는다.

어떤 질문들

세상살이에는 불문율이라는 게 있다. 자칫 무례가 될 만한 말을 삼가는 것도 그 중 하나다. 지금 평균 수준의 소양을 갖춘 사람이라면, 마주앉은 이의 학력을 캐묻거나 성별을 잣대로 누군가를 예단하는 행동은 하지 않는다. 개인사에 과도한 궁금증을 드러내는 것 역시 마찬가지다. 가령 부러움을 담지 않은 이상, 처음 만난 사람에게 왜 하필 당신은 그 일을 하며 사느냐는 뉘앙스의 질문은 하지 않는다.

그럼에도 몇 년 사이 나는 유사한 질문을 많이 받았다. '출판 불황'이라는 말이 보통명사처럼 통용되기 시작한 무렵부터다. "요즘 사람들, 책 안 읽잖아요. 이런 상황에서 책 만드는 거, 힘들고 지치지 않아요?" 악의 없는 질문. 걱정과 의구심 가득한 눈빛으로 사람들은 그렇게 묻곤 했다. 밥벌이가 고단한 건 누구든 마찬가지 아니냐고 의연한 척 웃으며 대꾸했지만 속마음은 전혀 의연하지 않았다. 종종 '이 나라 출판 산업을 그토록 걱정하는 당신은 한 해에 책을 몇 권이나 읽는데?' 뾰족하게 되받아치고 싶은 충동이 일었다. 가끔은 '내가 이 일을 얼마나 지속할 수 있을까?' 하는 불안이 찾아들기도 했다.

지난해 가을이었다. 낯선 나라를 여행하면서 만난 노신사가 내게 물었다. "출판계가 어렵다고 해도 책 만드는 일을 업으로 삼은 사람들만이 느끼는 각별한 재미랄까, 보람이 있을 듯해요. 그렇지 않아요?" 분명 같은 자리에서 출발한 질문이련만, 그이의 물음에 나는 묘하게 설렜다. "축적의 즐거움이 커요. 이전에 직장생활을 하던 때는 내면이 고갈되고 스스로가 소모품으로 전락하는 듯한 피해의식에 사로잡히곤 했는데, 편집자 생활을 한 뒤로는 그런 감정에 휘둘린 기억이 없어요. 여전히 책을 만들 때마다 역량 부족을 실감해요. 그럼에도 두툼한 원고를 대여섯 번씩 수정하고 다듬어서 한 권의 책으로 만들어낼 때는 필설로 다할 수 없는 충만감을 경험하거든요." 내 입에서 그런 말이 술술 나왔다.

알고 보니 그이는 10년 넘게 법조인으로 살다 나이 마흔 살 때 공부를 다시 시작해 컴퓨터공학자로 변신한 이력의 소유자였다. 어렵사리 손에 쥔 기득권을 포기하는 과정이 결코 쉽지는 않았으리라. 특별한 계기가 있었느냐고 묻자 그이가 대답했다. "언제부턴가 이게 내가 꿈꾸던 삶일까, 자꾸 질문하는 저 자신을 발견했어요. 기득권을 포기하지 않고 살아간다고 가정할 때, 10년쯤 지나서도 그 선택이 옳았다고 말할 수 있을까? '예스'라는 답이 안 나올 것 같더라고요. 그때 이미 결혼을 해서 애가 둘이나 있었어요. 고민하다 아내에게 속마음을 털어놓았는데 어차피 한 번 사는 인생이라고, 후회하지 않을 선택을 하라며 겁도 없이 저를 격려하고 나서더군요. 아내가 마음을 바꾸기 전에 부랴부랴 준비해서 유학길에 올랐지요. 1992년의 일이에요."

껄껄 웃는 그이 옆에서 한눈에도 남편보다 몇 배는 용감해 보이는 여인이 명랑하게 웃었다.

자기 삶의 방향을 극적으로 틀어본 이들이라 그랬을까? 그 부부와 이런저런 이야기를 주고받다 보니 누구에게도 말한 적 없던 사적인 이야기를 스스럼없이 털어놓고 있었다. 직업인으로서 발목을 잡는 현실적 고민이나 한계, 오랫동안 마음속으로만 그려온 편집자로서 궁극의 지향까지…. 나조차 어렴풋한 모습으로 둥글리기만 하던 생각들이 또렷한 언어의 외피를 입고 구체성을 획득해갔다. 신기한 경험이었다. 아마 예리하되 조심스럽게 맥락을 잡아준 그이들 특유의 화법에 힘입었으리라.

별스럽지 않게 시작된 그 대화가 내게 남긴 파장은 컸다. 무엇보다 뜻하지 않은 곳에서 지금 내가 선 자리를 전혀 다른 시선으로 바라볼 수 있었다고 하면 맞을까? 그 여행에서 돌아온 후에야 30년 가까이 편집자로 살면서 타성으로 굳어졌던 낡은 습성들과 마주하고 변화를 감내할 용기가 생겼던 것이다. 바라건대 그 부부를 다시 만날 때는 당신의 질문으로 인해 내가 이만큼 진화했다고 웃으며 말할 수 있기를.

햇감자를
삶아 먹는 날

고향집에서 보낸 감자가 도착했다. 박스를 열자 채 마르지 않는 흙냄새와 생감자의 달달한 비린내가 훅 끼쳤다. 올해는 80퍼센트가 자주색 감자다. 몇 해 전 박스 귀퉁이에 새치름하게 자리 잡고 제 존재를 알리더니 그새 요놈이 우리 집 감자밭을 장기집권해온 미색 감자를 밀어내고 왕좌를 꿰찬 것이다. 자색 감자에 단백질과 미네랄, 항산화물질이 많다는 이야기를 어느 방송에서 본 기억이 난다.

지난 6월 중순, 고향에 갔을 때 직접 감자를 캐고 싶었다. 호미 들고 촐랑거리는 내 뒤통수에 대고 엄마는 아직 때가 아니라고 소리쳤다. 올봄 가뭄이 심해 알이 여물지 않았다고. 엄마의 잔소리가 아니라도 나의 눈이 그 정도는 분간할 수 있었다. 그때 감자밭은 초록 줄기가 여전히 우세했으니까 말이다.

감자로 말하자면 농부의 딸로 태어난 내가 파종부터 김매기, 수확까지 참여하며 생장과정 전체를 지켜본 첫 농작물이었다. 어느 4월 저녁, 아버지는 토광에 있던 감자 바구니를 꺼내 어린 딸들을 불러모았다. 아버지가 씨감자 만드는 법을 시연한 다음날, 우리 자매는 아버지의 가르침에 따라 밭두둑에 파종을 했다. "아이 발자국 간격으로 주먹만한 홈을 내서 씨감자 한 알씩 넣은 뒤 흙을 덮고 손바닥으로 톡톡톡, 두드려 주어라."

우리는 감자밭 김매기에도 동원되었다. 망초, 쇠비름, 명아주 솎아내는 일은 고됐지만 그 무렵 피는 감자꽃 색채에 홀리고 오디와 머루를 따먹느라 그게 노동인지 놀이인지 구분조차 안 됐다. 그리고 6월이 다 가기 전에 수확을 했다. 호미로 땅을 파서 줄기를 힘차게 들어올리는 순간 드러나는 알감자의 위용은 경이로웠다. 땅에 묻은 한 조각 씨감자가 열 개 넘는 햇감자로 변신을 하다니. 그건 우리 시야에서 꽃피우고 열매 맺고 영글어가는 참

외나 복숭아, 포도와는 다른 차원의 기쁨이었다.

하기야 그 속성 때문에 유럽에서는 한동안 감자를 외면했다지. 1588년 처음 유럽에 상륙한 감자는 오랜 세월 나병과 방탕함을 몰고 오는 악마의 식물로 여겨졌다. 미개한 식민지 원주민의 작물이라는 편견보다 강하게 유럽 기득권층의 심기를 건드린 건 척박한 땅 밑에서 왕성하게 세를 불리는 감자의 속성이었다. 별다른 문명의 개입 없이도 저 홀로 뻗어가는 모습이 원시적 야만성을 연상시킨 것이다.

1794년 영국의 밀 흉작으로 굶어죽는 사람이 속출하자 몇몇 선구자가 감자 농사를 장려하자고 제안했다. 그러자 똑똑한 경제학자와 저널리스트들이 들고 일어났다.

창문이라고는 하나도 없는 오두막 바닥에서, 돌구덩이 위 냄비 주변에 가족이 웅크리고 앉아 손으로 감자를 집어먹는다. 곁에는 돼지도 한 마리 있어서 냄비에 주둥이를 대고 감자를 꺼내 먹기도 한다.

일찌감치 감자를 주식으로 받아들인 아일랜드를 취재하고 돌아와 이 저주받은 식물이 그러잖아도 게으르고 천한 북쪽 오랑캐를 어떻게 야수의 단계로 끌어내렸는지 고발한 윌리엄 코베트의 글이다. 심지어 경제학자 리카도는 감자로 식욕을 해소한 하층민이 비이성적인 성욕에 빠져 대책 없이 많은 아이를 낳을 경우 경제는 파탄 나고 인류는 자연에 대한 지배력을 상실할 것이라고 엄포를 놓았다. 1845년 감자잎마름병이 덮치며 아일랜드인 100만 명이 굶어죽은 재앙은 감자에 대한 그들의 저주를 역설적으로 완성한 셈이지만, 이후 이 식물은 동서로 맹렬하게 뻗어나가며 21세기 문명인의 주요 식량으로 위세를 떨치고 있다.

깨끗이 씻은 감자를 끓는 물에 넣어 삶고 있자니 코웃음이 나왔다. 이 현실을 맬서스나 리카도가 봤어야 하는 건데. 그러니까 시장경제 운운하며 잘난 척 하기 전에 굶어죽는 이웃에 대한 연민을 가졌어야지. 폭신한 햇감자를 베어 물며 힘이 솟구친 나는, 언젠가 기회가 닿으면 그분들 하나하나를 다시 불러내 잘근잘근 씹어주겠다고 마음먹었다.

엄마는 섬에 가고
싶다고 했다

배가 대천 항을 출발할 때 빗방울이 떨어지기 시작했다. 이번 여행은 전적으로 엄마의 의중을 반영한 것이었다. 아버지의 여든여섯 번째 생신모임을 어떻게 치러야 할지 우리 형제가 단체 채팅방에서 논의하던 때, 큰언니가 의견을 냈다. "엄마가 섬에 가고 싶어 하시는 것 같아. 사람들로 북적이지 않는 한갓진 곳에 가서 하룻밤 자고 오면 어떨까?"

제주도나 울릉도 같은 구체적 지명 말고, '섬'이라는 단어는 나에게 일종의 시어詩語였다. 시인 정현종의 '사람들 사이에 섬이 있다.'라는 문장에서처럼 은유로 기능하는 단어.

그런데 나이든 엄마는 하고많은 볼거리를 놔두고 왜

섬에 가고 싶다고 하는 걸까? 질문할 새도 없이 큰언니가 나에게 명을 내렸다. 아버지 생신 때 우리 가족이 여행할 만한 작은 섬과 숙소를 알아보라고.

8남매의 다섯째로 태어난 나는 지금껏 가족행사의 실무 역할을 떠안았다. 스물에도 마흔에도 그랬으며, 아마 예순 살이 넘어서도 손윗사람들의 의중을 파악해 손발노릇을 하고 있을 공산이 높다. 잠시 고민하던 내 머리에 어떤 이야기가 떠올랐다. 재작년인가, 오래 알고 지내는 신화학자 정재서 선생님이 점심식사 자리에서 들려주신 여행담이었다. '삽시도'라는 낯선 섬에서 일주일 휴가를 보내고 온 선생님은 당신의 어린 시절에 만났던 삽시도 개척자 박영삼 선생의 생애에다 인근 원산도에서 행해지는 성황제의 내력까지 맛깔스럽게 들려주시면서 내게 말했었다. "언제 시간 내서 그 섬에 꼭 다녀와요. 한가로이 쉬면서 생각을 덜어내기에는 그만인 곳이거든." 그렇게 해서 이번 아버지의 생신모임 장소는 삽시도가 되었다.

숙소에 도착해 짐을 부리기 무섭게 주인 내외는 마침 썰물 때라며 언덕 너머 해안으로 우리를 이끌었다. 100

미터쯤 언덕을 오르니 눈앞에 바다가 펼쳐졌다. 폐타이어를 엮어 만든 가파른 계단이 해안까지 나 있었다.

멋진 풍경에 압도당한 가족들이 계단을 따라 우르르 내려갔다. 다만 문제가 하나 있었다. 몇 년 전 무릎 수술을 한 엄마에게 빗물에 젖어 미끄러운 타이어 계단은 딱 보기에도 위험했다. 숙소 주인 역시 나이든 어른이나 아이들이 오르내리는 건 무리라며 언덕 위에서 쉬실 것을 권했다. 아버지와, 평소 효심이 지극하다고 자부해온 내가 엄마와 함께 언덕 위에 머물기로 했다.

그런데 텅 빈 해안으로 뛰어든 가족들이 바위 사이에서 뭔가를 건져올리기 시작했다. "혹시 봉지 가져온 사람 없어?" 그 말이 들리자마자 나는 벌떡 일어섰다. 숙소를 떠나기 직전, 두루마리 비밀 팩을 둘둘 말아 바지주머니에 챙겨 넣길 천만다행이었다.

"뭐가 많은가 봐. 봉지도 가져다 줄 겸 나도 내려갈 테니 두 분은 여기서 쉬고 계셔요."

서둘러 가보니 세상에나! 바위마다 고둥이 빼곡하게 붙어 있었다. 그렇게 다들 해산물 수확에 정신이 팔려 있는데 막내가 소리쳤다. "어머? 엄마 좀 봐. 저 위험한 계단을 거의 다 내려왔어." 아버지는 어느새 우리 무리에 합류했고, 혼자 언덕에 있던 엄마마저 아이처럼 솟구치는 충동을 이기지 못해 엉금엉금 타이어 계단을 내려온 게 분명했다. 그 아찔한 곡예를 내 눈으로 보지 않은 게 다행이다 싶은 마음뿐이었다.

"좀이 쑤셔서 말이지." 엄마가 더없이 즐거운 얼굴로 말했다. "숙소 주인한테 물어보니 반대쪽 해안에서 바지락도 캘 수 있다고 하네. 참, 좋다. 이렇게 만사를 내려놓고 바다생물 수확하는 재미가 몹시도 그리웠거든."

이거였구나, 엄마가 섬 여행을 고대했던 이유가….

흡사 아이처럼 얕은 물에서 고시래기 건져올리는 데 푹 빠진 엄마의 뒷모습을 보자니 코끝이 시큰해졌다. 내 나이 쉰 살을 넘고 보니 나이든 엄마의 마음을 좀 이해할 것 같다고 중얼거리고 다녔는데 나는 아직도, 한참 멀었다.

어느 쪽이든 불편한 건
매한가지일 테지만….

그 아이는 처음부터 달랐다. 희끄무레한 얼굴에다 밤색 머리를 바가지처럼 자른 사내아이는 그 즈음 우리 주변에 없었다. 키는 얼마나 큰지 입학식 날 또래들 머리 위에서 이리저리 움직이는 아이 얼굴이 한눈에 보일 정도였다.

그 애가 1학년 1반 반장이 됐다. 키가 커서 맨 뒷자리에 앉은 아이가 아침마다 "차렷! 선생님께 경례." 하는 소리를, 키가 작아 맨 앞자리에 앉은 나는 영 좋지 않은 기분으로 들었다. 이상하게 그 애의 말씨에는 신경 거슬리게 하는 뭔가가 있었다.

어느 날 쉬는 시간에 교실 뒤에서 소란이 일었다. "버내너! 미얼크!" 한 손에 바나나를, 다른 손에 우윳병을 쥔 녀석이 사람 신경 곤두서게 하는 서울말로 지껄이고, 친구들이 한 입만 달라며 애걸했다. "내 고구마랑 누룽갱이 다 줄게. 제발 바나나 한 입만 응?" 그렇게 말하는 남자애가 하필 우리 동네 친구였다. 분통이 터진 나는 벌떡 일어서서 친구를 노려보며 성을 냈다. 네가 거지냐고, 바나나가 아무리 먹고 싶어도 사람 봐가며 부탁하라고.

그날 수업 마치고 집에 가는데 반장이 따라오며 시비를 걸었다. '네가 뭔데 학급 친구들 다 보는 앞에서 내 망신을 주냐' 따지던 녀석이 인신공격으로 넘어갔다. 얼굴은 까맣고 키도 쪼그만 계집애…. 그러든 말든 나는 돌아보지 않았다.

드디어 아이의 입에서 이상한 말이 터져 나왔다. "야, 너. 설리번 선생님이 누군지나 알아?" 놀란 내가 돌아서서 멀뚱거리는데 아이의 얼굴에 기쁨이 번졌다. "것도 모르면서 잘난 체를 해? 설리번 선생님은 헬렌 켈러를 가르쳐주신 분이야." 으스대는 그 자식 입가에 언니 가방에서 본 적 있는 헬렌 켈러 위인전을 던져버리고 싶은 마음이었다. 촌년의 열등감이 초인적인 투지를 이끌어냈으리

라. 내 입에서 생각지도 않은 말이 튀어나왔다. "그렇게 똑똑한 너는 고열순 여사가 누군지 알아?" 아이의 눈에 스치는 당혹감을 읽은 나는 냅다 돌아서서 달렸다. 더는 쫓아오지 못하게.

다음날 학교에 가자 녀석의 들볶임이 시작됐다. 고열순 여사가 누구냐고. 쉬는 시간마다 앞자리로 와서 묻던 아이는 집에 가는 길에도 따라붙어 똑같은 질문을 백번 넘게 반복했다. 울먹이는 녀석의 목소리에 마음이 흔들렸지만 굳게 입을 다물었다. 한데 그 다음날이 되자 나를 쏘아보기만 할 뿐 녀석이 잠잠했다. 이상하다 싶었는데, 4교시 수업 마치고 청소하는 시간에 녀석의 엄마가 왔다. 그이와 담소하던 담임선생님이 나를 불러 물으셨다. "고열순 여사가 누구야?" "우리 외할머니 이름이에요." 웃음과 격려를 가득 담은 두 분의 눈길에 마음이 풀린 나는 나붓나붓 이야기를 했다. 특히 아이들 앞에서 맛있는 걸 자랑만 하던 아이가 자기 망신당한 걸 복수하겠다며 헬렌 켈러도 아니고 설리번 선생님을 아느냐고 물어본 것이 치사하고 기분 나쁘다고 강조했다.

"정말 고마워. 오늘 이렇게 또 배우네." 자기 아들만

역성들 사람은 아니라고 예상했지만, 아주머니가 그렇게 말했을 때 나는 많이 놀랐다. 그분은 내 두 손을 잡은 채 이런저런 얘기를 들려주시고는, 곧 수업을 마치는 자기 아들을 지프차에 태우지 않은 채 혼자 떠났다.

이 일은 오래도록 잊히지 않고 나에게 영향을 미쳤다. 나도 그분처럼 멋진 어른이 되고 싶다는 소망을 품었고, 무엇보다 내가 모르는 낯선 세상이 내가 아는 상식과 도덕률에 의해 돌아간다고 믿는 근거가 됐다. 그게 턱없는 낙관이었음은 일찌감치 판명이 났지만.

하도 익숙해서 이제는 일상사로 느껴지기까지 하는 세상 갑들의 추태를 볼 때마다 나는 심란한 마음으로 그 어머니를 떠올린다. 지금 어린 아이들은 이런 세상을 보면서 어떤 믿음을 쌓을까? 설령 훗날 틀린 것으로 판명날지라도 낙관적 희망을 갖는 게 나을까, 아니면 잔인한 현실을 미리 학습하는 편이 나을까?

읽을거리든
인테리어 소품이든

미국 3대 대통령 토머스 제퍼슨은 소문난 탐서가였다. "난 책 없이는 살 수가 없네." 건국 동지이자 평생의 라이벌이던 존 애덤스에게 보낸 편지에서 그는 이렇게 토로할 정도였다. 노예무역으로 큰돈을 번 가문과 명민한 두뇌 덕에 그는 어렵지 않게 뉴잉글랜드의 신사 계층에 편입했다. 다만 책은, 돈 좀 있다고 해서 쉽사리 손에 쥘 수 있는 품목이 아니었다.

그 시절 북미 대륙에서 읽힌 책 대부분은 런던에서 제작되었다. 가뜩이나 비싼 책이 대서양을 건너와야 하니 두세 배로 값이 뛰는 건 당연한 데다 종당 제작 부수 자체가 워낙 적었다. 현재의 클라우드 펀딩 비슷하게, 책을 살 사람을 미리 모아 그에 맞는 수량만 찍는 게 당시 출판 관례였다. 제퍼슨은 뉴잉글랜드에서 독점적으로 책을 판매하던 버지니아 가제트 서점에 특별히 청을 넣거나 런던의 출판업자에게 아부 섞인 편지를 직접 써서 원하는 책을 입수했다.

스물여섯 살에 버지니아 하원으로 당선된 제퍼슨은 그간 모은 책을 고향집 새드웰 저택으로 옮겨 오매불망 꿈꾸던 개인 도서실을 만들었다. 지적 허기와 열망에 가득 차 있던 청년 제퍼슨은 이 공간을 특별히 사랑했고, 틈만 나면 지인들에게 자랑했다고 한다. 그러나 얼마 안 돼 일어난 화재로 서가의 책 수백 권이 홀라당 타버렸다.

집과 책을 한꺼번에 잃어버린 상실감이야 이루 말할 수 없었겠지만, 제퍼슨에게는 넉넉한 돈과 땅이 있었다. 그는 불타버린 저택이 내려다 보이는 언덕 위에 새 집을 지었다. '몬티첼로'라는 이름의 이 저택을 구상하며 그가 가장 공을 들인 공간은 도서실이었다. 이후 제퍼슨은 정치만큼이나 열정적으로 책 수집에 매달렸다. 단골 판매상을 통해 구입하고, 런던과 파리로 날아가 유럽 서점가를 누비고, 스승 조지 워스의 장서를 통째로 물려받는 식으로 그가 모은 책은 6,000권이 넘었다. 미국에서 가장 많은 책을 가진 장서가가 된 것이다.

그리고 1812년, 제퍼슨은 새로 들어설 미국 의회도서관에 자신의 서가를 넘기겠다고 발표했다. 두 가지 단서가 붙었다. 첫째, 도서 전체를 한꺼번에 넘겨받을 것. 둘째, 합리적으로 가격을 매겨 보상할 것.

이 두 개의 단서는 정적들을 열통 터지게 만들었다. 과격한 비판자들은 말년에 빚에 허덕이던 제퍼슨이 한탕 제대로 해먹을 건수를 찾았다며 불뚝성을 냈다. 분분한 뒷말 속에서 이뤄진 의회 표결 결과 10표 차로 제퍼슨의 제안이 통과되었고, 오늘날 세계 최고 장서를 보유한 미국 의회도서관의 원형과 토대가 마련되었다.

제퍼슨의 오래된 열망을 좇는 지인이 내게 있다. 좁아터진 집에 서가를 따로 두지 않으려 하는 나를 이 탐서가는 아주 좋아한다. 이사할 때마다 제일 골칫거리이던 책들을 살뜰히 수습해준 그를 나도 퍽 아낀다. 인테리어 전문가로 일하는 그가 며칠 전 놀러와 자신의 예측이 맞았다며 희희낙락했다. 책이 격조 높은 인테리어 품목으로 각광받고 있다는 얘기였다. "영어나 라틴어 원서 양장본이 꽂힌 폼 나는 서가를 만들 경우, 수천만 원은 예사로 들거든." 그러면서 음흉하기 짝이 없는 시선으로 내 책장을 훑었다. 《*Infidelity*》. 걸작 회화를 곁들여 불륜과 간통의 역사를 써내려 간 두툼한 컬러양장본에 그의 눈길이 고정됐다.

안 돼! 심통난 내가 손사래를 쳤다. 이제부터 나도 후대에 물려줄 멋들어진 서재를 만들겠다고 공언도 했다. 제퍼슨의 탐서 기질이 발현된 게 책을 좋아하던 아버지로부터 말미암은 거라고 우기면서. 실제로 독서광인 큰아들을 평생 자랑스러워 하던 그의 부친 피터는 이런 유언을 남겼다.

장남이자 상속자인 토머스에게 혼혈 흑인노예 소니와 내 책들, 수학 기구, 체리목 책상과 책장을 준다.

덧붙이자면, 그 시절 제퍼슨이 아버지로부터 물려받은 장서는 도합 42권이었다.

내가 만난
예술노동자들

1995년 5월 초였다. 대하소설 《아리랑》 탈고를 앞두고 있던 소설가 조정래 선생을 인터뷰했다. 20년도 더 지난 일을 생생히 기억하는 건 그날 받은 모종의 강렬한 인상 때문이다.

그 며칠 사이 나는 작가 인터뷰를 위해 10권짜리 《태백산맥》을 다시 읽고 전 12권으로 완간될 《아리랑》을 9권까지 독파하느라 몸살에 걸린 상태였다. 줄줄 흐르는 콧물을 닦아대며 집필실로 갔다. 집 뒤 야산에 핀 아카시아 꽃 향과 녹음을 배경으로 흰 옷 입은 그의 모습이 낯설게 들어왔다. 한눈에도 피로해 보였다.

1983년 《태백산맥》이 문예지에 연재될 때부터 찾아 읽었으니 나는 작가에 대해 궁금한 게 많은 독자였다. 콧물 닦은 휴지가 수북이 쌓일 때까지 인터뷰가 계속됐지만 그는 싫은 내색을 하지 않았다. 다만 이야기 중에 왼손으로 오른 손가락을 꾹꾹 누르다가 오른팔로 왼팔을 비틀 듯 주무르고, 비슷한 동작을 반복하는 게 눈에 걸렸다. 본인도 모르게 습관으로 굳어진 듯했다.

인터뷰 말미에야 이유를 알았다. 매일 책상에 앉아 원고를 쓰다 보니 벌써 여러 해째 작가는 팔과 손가락의 마비증상을 겪고 있었다. 혈류활동이 원활하지 않아 몸속 피가 죄다 밖으로 빠져 나가는 듯한 고통에 시달린다는 사실도 털어놓았다. 정작 놀라웠던 건 이 상황을 대하는 작가의 태도였다. "노동 치고 이만큼의 고통이 따르지 않는 일이 어디 있을까요?" 그는 웃으며 반문했다. 게다가 자신이 하는 일은 예술이라는 이름으로 명예까지 따르니 감사해야 한다고 덧붙였다. "몸이 아파서 정 힘들 때는 지금 내 소설 공간의 주인공들을 생각해요. 식민지 시대에 억울하게 죽은 우리 민족의 수가 400만 명입니다. 그런데 내가 이 작품 12권을 마친다 해도 400만 자가 채 되지 않아요. 내 손으로 쓰는 한 글자 한 글자가 그들의 넋을 담아낸다고 생각하면 이깟 고통쯤 참을 만해요."

그 일 이후 예술가를 보는 내 관점은 막연한 선망에서 실체를 지닌 존중으로 선회한 것 같다. 시각이 바뀐 까닭이리라. 다른 작가들의 삶도 크게 다르지 않았다.

조정래 선생을 만나고 얼마 지나지 않은 시기, 때 이른 유명세로 동세대인의 부러움과 질시를 받던 작가와 일하게 됐다. 밖에서 볼 때 화려하던 그의 삶은 현실에 없었다. 당시 내 눈에 그는 꼭 죽을 날을 받아놓은 사람처럼 작품에 임했다. 몸이 버텨내지 못해 양쪽 귀에서 진물이 흐르고 발바닥이 갈라져도 멈추지 않았다. 모니터 앞에 앉아 쓰고 고치고, 그러는 틈틈이 취재하고 공부하고 또 썼다. 애처로웠다. 몸이 따라주지 않는 현실을 에둘러 경고하는 내게 그는 높이 18미터 비계에 누워 시스티나 성당 대형 천정화를 완성해낸 미켈란젤로를 이야기했다. 조수를 여럿 두고 협업에 가깝게 작업한 라파엘로와 달리 거의 모든 공정을 직접 감당하느라 나중에는 고개가 앞으로 숙어지지 않는 후유증에다 시력 저하, 욕창까지 앓아야 했던 미켈란젤로 말이다. 결국 창작활동이란, 10퍼센트의 창조성과 90퍼센트의 진저리나는 노동으로 귀

결되는 것 아니냐며 그는 해맑게 웃었다.

그의 말마따나 내가 만난 화가와 음악가와 문인들은 비슷한 증상을 직업병으로 달고 살았다. 양상은 해외라고 그리 다르지 않다. 그래서 독일의 한 작가는 이를 두고 '예술가에게 부여되는 가중처벌'이라 표현했다.

이 같은 예술노동자의 시대는 사실 오래 전에 저물었는지도 모른다. 몇 해 전 한 유명인이 그림 대작 논란에 휘말렸던 때, 현대미술의 저작자 규정문제보다 먼저 내 머리에 떠올랐던 건 그간 만나온 많은 예술노동자들의 얼굴이었다. 무차별로 쏟아진 대중의 욕설과 야유, 어차피 '예술 한다는 놈들 다 사기꾼'으로 몰려버린 그이들의 열정이었다. 결국 법정까지 간 이 스캔들은 얼마 전 2심에서 '무죄' 판결이 났다. 하지만 떠들썩한 소란 뒤의 수런거림과 90퍼센트의 진저리나는 노동을 창작활동의 필수적인 요소로 감내해온 이들에게 덧씌워진 오해의 그물은 아직도 명쾌하게 정리되지 않은 채 남아 있다. 나는 그게, 계속 찝찝하고 마음 아프다.

당신 아기 안에
늑대 있다

날은 무덥고 업무 능률은 안 오르고. 산행이라도 하며 머리 식힐 요량으로 해지기 전에 사무실을 나섰다. 편의점에서 물 한 병 사들고 산등성이 초입에 있는 동네 골목으로 접어들다가 소스라쳤다. 커다란 개 한 마리가 저쪽에서 나를 노려보고 있었다. 우뚝 선 나는 시선 둘 곳을 찾지 못하고 허둥거렸다. 한동안 잊었던 공포가 온몸을 휘감으며 왼쪽 종아리와 어깨가 저릿저릿 쑤시기 시작했다.

오래 전 개한테 물렸던 기억. 초등학교 2학년 어느 아침이었다. 또래 친구랑 같이 학교에 가기 위해 그 집 대문으로 들어서다가 헛간 기둥에 묶여 있던 개와 눈이 마주쳤다. 어린 나이였지만 한눈에 알아챘다. 끓어오르는 적의를 드러내며 번들거리던 눈동자는 내게 친숙한 그 메리의 눈빛이 아니었다. 개가 펄쩍 뛰어오르고 헐겁게 매여 있던 목줄이 풀리는 걸 보자마자 나는 돌아서서 냅다 달리기 시작했다.

가망 없음을 뻔히 알면서 사력을 다하는 일이 얼마나 외롭고 절망적인 것인지, 그 순간 뼈저리게 깨달았다. 채 열 걸음도 못 가 개한테 왼쪽 종아리를 물린 나는 땅바닥에 고꾸라졌고, 책가방을 메고 있던 왼쪽 어깻죽지에 개 이빨이 박힐 즈음 정신이 가물가물해졌다. 안방에서 아침 드시던 친구 아버지가 벼락같이 뛰쳐나와 작대기를 휘두르지 않았다면 그날 나는 목숨을 잃었을지 모른다고 지금도 생각한다.

이후 악몽 같은 날이 이어졌다. 집으로 업혀와 응급처치한 뒤 한숨 자고 일어난 내게 가장 먼저 들려온 말은, 그 개를 가마솥에 넣어 삶고 있다는 소식이었다. 이틀 쉬고 학교에 가보니 내 얘기가 친구들 사이에서 흥분을 자아내는 뉴스로 오르내리고 있었다. 상처를 보고 싶어 안달하는 아이, 돌려차기로 제압하면 되는데 그걸 못했다고 책망하는 아이, 얼마나 놀랐냐며 뚝뚝 눈물을 떨구는 아이…. 많이 창피하고 속상했지만 여기까지는 눈 딱 감고 버틸 만했다.

아픈 몸으로 간신히 수업 마치고 10리길을 걸어 동네로 접어들었는데 조금 특이한 아줌마가 나를 불러세웠다. "너 미친개한티 물렸대메? 하이고 이걸 어쩐대냐. 미친개한티 물린 사람은 멀쩡하던 정신도 헤까닥 돌아뻐린다는디." 헤까닥 돌아서 내가 미친년이 된다고? 산발머리에 치맛자락 펄럭이면서 이 동네 저 동네 싸돌아다니는 그 미친년? 인생 다 끝장난 듯 서러움이 폭발한 나는 엉엉 울며 집으로 갔다.

아버지는 '광견병'이라는 낯선 용어를 써가며 우는 딸을 다독이셨다. 나를 물고 가마솥으로 직행한 그 불쌍한 개는 미쳤던 게 아니라고, 제 젖 물려서 키우던 새끼 다섯 마리를 주인이 눈앞에서 개장수에게 팔아넘기자 너무 화가 나서 사람이 전부 다 미워졌던 거라고. 그 말을 하는 아버지의 얼굴에 맴돌던 불안을 귀신같이 읽은 나는, 몸속에 잠복해 있던 광견병 바이러스가 불시에 습격할지 모른다는 두려움에 오래도록 시달려야만 했다.

등산로 초입에서 오도가도 못한 채 몸서리를 치는데 어느 집에선가 '캉캉' 개 짖는 소리가 들렸다. 나를 노려보던 개의 시선이 그쪽으로 향하고, 강아지 한 마리와 남자가 나타났다. "겁먹지 마세요. 우리 애기 착해요." 남자의 웃음에 나는 미소로 답할 수 없었다. '누가 악하다고 했나? 당신 애기 안에 잠재한 야성이 무서운 거지.'

개에 물려 다치는 사고가 매해 1,000여 건씩 발생하지만 정작 다수의 개 주인들은 자신의 '애기'가 한순간 타인에게 얼마나 끔찍한 야수로 돌변할 수 있는지 모르는 듯하다. 심지어 자식처럼 끼고 살던 애완견에 물려 병원 신세를 진 사람만도 내 주변에 셋이나 되는데 말이다.

아무리 앙증맞은 애완견일지라도, 사람 치아보다 약한 이빨을 가진 개를 나는 본 적이 없다. 제발 개를 개로 사랑해줬으면. 개들도 같은 마음일 거라고 나는 확신한다.

다행히 나는 별일 없이
살고 있지만…,

선천적으로 튼실하지 못한 데다 편식까지 심했던 나는 어릴 때부터 자주 아팠다. 친구들이 소라도 때려잡을 듯 뻗치는 열기를 주체하지 못하던 청소년기에도 배가 아파서 혹은 과로를 이유로 픽픽 쓰러졌으니, 그 꼴이 한심하기 짝이 없었다. 학교를 졸업하고 용케 직장 생활을 시작한 20대 중반에도 나을 건 없었다. 아슬아슬 버티며 얼마간 무리를 하면 호된 대가를 치렀다.

그날도 그랬다. 며칠 간의 야근과 밤샘근무 뒤 탈진한 나는 회사를 결근하고 누워 있었다. 결혼한 언니 집에 얹혀살 때였다. 언니 부부는 출근하고 큰조카는 유치원에 갔다. 집에는 앓아누운 나와, 아픈 이모를 돌봐야 한다며 놀이방에 가지 않은 네 살짜리 조카뿐이었다. 한나절 쉬고 나면 괜찮을 줄 알았는데 영 기운이 돌지 않았다. 나는 도리 없이 누워만 있었고 어린 조카는 물수건을 들고 와 내 얼굴과 손을 닦았다. 잠시 후 분주하게 움직이던 조카가 내 입에 플라스틱 숟가락을 넣어주었다. 달달한 시럽이 입 안으로 흘러 들어왔다. "이모, 이거 먹으면 안 아플 거야."

정신을 차리고 보니 병원이었다. 팔뚝에 꽂힌 주삿바늘과 링거 병, 언니 내외와 조카들의 모습이 눈에 들어왔다. 어린 조카는 바들바들 떨며 눈물을 흘리고 있었다. 울음소리조차 내지 못한 채 굵은 눈물만 뚝뚝 떨구는 모습이 너무 가여웠다. 상황을 짐작한 내가 '덕분에 푹 잤다'고 웃으며 꼭 안아주었을 때 아이는 그제야 억눌렀던 두려움과 죄책감을 터뜨리며 큰 소리로 엉엉 울었다. "미안해, 이모. 미안해. 내가 잘못했어."

조카가 내 입에 넣어준 것은 유아용 해열제였다. 기침하고 열이 오를 때마다 어른들이 조카에게 먹이던 달달한 시럽 한 스푼이 탈진한 내 몸으로 들어가 쇼크를 유발했다. 제가 준 약을 먹은 후 이상하게 축 늘어져 버린 이모를 보고 놀란 아이가 엄마에게 전화를 했다지만, 어른들이 오기 전까지 그 어린 것이 홀로 감당했을 공포를 생각하니 얼마나 참담한 심정이던지.

그깟 유아용 해열제 한 스푼에 나가떨어져 버린 수치를 겪은 후 나는 결심을 했다. 허약한 육체를 더 이상 방치하지 않겠다는 각오로 운동도 조금씩 하고, 무엇보다 녹용 듬뿍 넣은 보약을 봄가을로 꼬박꼬박 챙겨먹었다. 보약의 효험인지 늘어난 근육 덕인지, 이후 속절없이 고꾸라지는 수모를 겪지 않고 나이를 먹었고 그때의 일도 먼 추억의 일부로 남았다.

20여 년 전 이야기를 불쑥 꺼낸 건, 그 시절의 내 나이로 성장한 조카였다. 보기 드물게 사려 깊은 나의 조카는 그때 그 일이 자기를 각성시킨 결정적 사건 중 하나였다고 처음으로 이야기했다. 옳은 방법으로 마음을 전하는 일이 결코 쉽지 않다는 사실을 그때 본능처럼 터득했다고 했다. 나의 의도가 아무리 선량하더라도, 한순간의 부주의나 무지가 돌이킬 수 없는 결과를 불러올 수 있다는 사실을 두고두고 숙고할 수밖에 없었노라고 했다.

특이한 것은, 그 사건을 허약한 육체가 불러온 해프닝으로 치부하고 보약 먹기에 열중했던 나와 달리 조카는 약품이 유발하는 중차대한 위험으로 인식했다는 점이다. 그러니 가습기 살균제 사고나 약품 부작용으로 인한 인명피해 보도를 접할 때마다 아이는 아찔한 절망감으로 가슴을 칠 수밖에 없었다. 다행히 자신은 큰 사고를 면했지만, 복구할 수 없는 후회와 슬픔을 가슴에 안고 살아야 할 사람들을 생각하면 마음이 아파 미칠 것 같다고 그 애는 나에게 털어놓았다.

그래. 나는 별일 없이 살고 있다만…, 너는 많이 힘들었구나. 머쓱한 얼굴로 스스로의 아둔함을 자책하는 나에게 조카가 종이 한 장을 건넸다. 해외에서 출간된 이 분야 신간서적 리스트였다. 헤어져 돌아오는 지하철에서 종이에 적힌 제목들을 꼼꼼히 살폈다. 한 권이라도 번역해 낼 수 있다면 출판사 운영하는 이모로서 체면이 좀 설 텐데.

내가 할 일이 있어 다행이라는 생각이 들더니, 민망하던 마음까지 슬며시 풀렸다.

축구가 아니라면 어디서,
원수의 대가리를 걷어찰까

아주 오래 전 일이다. 스코틀랜드 북부 연안부터 북해까지 펼쳐진 오크니 제도 사람들 사이에서 지금도 전설처럼 도란도란 전해지는 이야기란다. 착한 사람들끼리 사이좋게 살던 커크월이란 섬마을에 어느 날 스코틀랜드 침입자들이 나타났다. 특히 툭 튀어나온 앞니 때문에 '터스커'라 불리던 침입자의 우두머리는 생긴 것만큼이나 성미도 고약했다. 터스커의 폭정에 시달리던 커크월 주민들은 마침내 봉기했고, 교활한 터스커는 다른 섬으로 야반도주를 했다. 폭군이 언제 다시 나타날지 몰라 마을 사람들이 불안에 시달리자 어느 용감한 젊은 이가 나섰다. 터스커를 잡아서 목을 자른 뒤 비참한 나날이 영원히 끝났다는 증표로 그의 머리를 갖고 돌아오겠노라고. 말을 타고 떠난 젊은이는 오래지 않아 터스커를 잡아 목을 베는 데 성공했다. 그러나 폭군의 머리를 말안장에 매달고 돌아오던 중, 툭 튀어나온 그의 앞니가 젊은이의 허벅지를 꿰뚫는 바람에 병균에 감염됐고 고향 커크월에 이를 즈음에는 빈사상태에 빠져버렸다. 죽을힘을 다해 말을 몰아서 마을 중앙광장에 터스커의 피투성이 머리를 내던진 젊은이는 곧바로 눈을 감았다. 영웅이 된 젊은이의 때 이른 죽음에 상심하고 분노한 주민들은 폭군의 대갈통을 미친 듯이 발로 차며 거리를 누비고 울부짖었다.

이때부터 매해 마지막 날, 커크월 주민들은 아랫마을과 윗마을로 팀을 나눠 터스커의 머리를 차며 생존 의지를 다지는 경기를 했다. 시간이 흐르면서 적장의 대가리는 풀 뭉치로, 돼지 오줌보로, 독일 구두장인이 한 땀 한 땀 정성스레 꿰매 붙인 가죽 공으로 바뀌었다. 하지만 육신 성한 커크월 출신 모든 남자들, 해외에 나가 성공한 중년의 사업가와 학자들까지 모조리 귀향해서 출정하는 광란의 대제전에서 적을 향한 분노와 복수심은 한 치도

누그러지지 않아 팔다리가 부러지고, 피가 낭자하고, 고급 자동차가 박살나는 일이 속출한다. 고고학자 존 폭스를 비롯해 많은 이들이 현대 축구의 원형이라 경탄하고, 그곳 사람들이 고집스레 '커크월 바'라 부르는 경기이다.

그리고 이 광적인 적의는 현대 축구에 고스란히 스며들어 맨체스터 대 리버풀, 바르셀로나 대 마드리드, 영국 대 아르헨티나처럼 해묵은 지역감정과 역사의식으로 무장한 맞수들 간 경기에서 아슬아슬하게 재현된다. 그뿐인가? 축구에서만이라도 적의 안마당을 유린하고, 골을 사냥하고, 승전보를 올리는 짜릿함이 없다면 대체 무슨 재미로 한일전을 즐기고 목이 터져라 "오! 필승코리아~."를 외친단 말인가. 그러니 한일전 승리를 두고 "오늘이 바로 도쿄 대첩의 날입니다." 혹은 "후지산이 무너졌습니다."라고 목청을 높이던 중계 캐스터의 언급이야말로 본디 그렇게 태어난 축구의 속성을 가장 적절하게 녹여낸 은유일 수 있다.

다시 지구촌 최대 축구축제인 월드컵(2018년 러시아 월드컵)이 개막하기 전, 축구 좀 안다는 이들의 소곤거림이

하나둘 들려왔다. 눈을 껌벅이며 그들은 말했다. "냉정하게 평가해서 현재 우리 팀은 역대 최약체거든. 전패만 면하면 다행이지." 씁쓸한 침을 삼키면서 나는 외려 잘된 건지 모른다고 스스로 다독였다. 늦은 밤까지 TV 볼 체력도 안 되는 데다, 눈에 불을 켜고 공놀이에 열광하는 것 자체가 우스꽝스러운 나이였으니까 말이다.

그렇게 마음을 단속했건만, 요즘 나는 축구 때문에 죽을 맛이다. 조별리그 1차전에서 우리가 스웨덴에 져버린 뒤의 허탈감은 어이없게 크고, 스타플레이어 없이도 펄펄 나는 다른 나라 선수들을 보자면 얼마나 부러운지 모른다. 그러니 어찌 쿨하게 숙적 일본의 1승을 축하할 수 있을까?

그보다 한심스러운 건 벌써 며칠째 숙취만큼이나 힘든 수면 부족에서 헤어나지 못하는 내 처지다. 월드컵이 열리기 전, 어쩌면 나도 이번 기회에 현대 스포츠의 상업성과 폭력성, 집단주의를 경계하는 교양인으로 거듭날지 모른다고 기대했다. 터무니없는 망상이었다.

우리를 믿어도
될 것 같아서

우리는 우리를 잘 모르는 것 같다.

TV 예능 '어서 와, 한국은 처음이지?' 같은 프로그램을 시청하다가 고개를 갸웃거리곤 한다. 별거 아닌 거리 풍경이, 다소 심심하다 싶은 고궁의 건축물이 뭐 그리 대단하다고 저 외국인들은 "원더풀!"을 외치며 호들갑을 떨까? 혹시 카메라 앞에서 연출된 액션은 아닐까?

다시 생각해보면 꼭 그런 것만은 아닌 듯하다. 6년 전, 서울에 온 한 무리의 미국인 가족을 만났다. 40여 년 전 사촌언니가 그곳 남자와 혼인함으로써 만들어진 친인척 관계였다. 사촌언니는 그저 오랜만에 서울을 찾은 감회에 푹 젖은 듯했다. 반면 아랫세대 젊은이들, 그러니까 미국에서 나고 자란 언니의 딸과 백인 사위들은 전혀 달랐다. 애초 일본 여행에 나흘 간의 서울 방문을 끼워넣었다는 그들은 1분 1초가 아까운 듯 움직였다. 싸이의 〈강남 스타일〉 신드롬이 일던 시기였다. 한국어를 전혀 못하는 그들은 나조차 처음 들어본 서울의 핫플레이스를 쏙쏙 뽑아냈고, 가이드 없이 스마트폰에 의지해 자기들이 보고 싶은 곳을 마음껏 누볐다. 북촌 한옥마을과 광장시장, 홍대입구, 동대문 닭칼국숫집, 전쟁기념관, 도라산역 등도 마찬가지였다.

그 나흘 동안 두 차례, 함께 식사를 했다. 핸드폰을 손에 쥐고 거침없이 무리를 이끌던 백인 청년에게 여행 소감을 물었다. 그는 사흘 동안 서울을 누빈 경험을 '놀라움의 연속'이라고 표현했다. 풍경과 음식도 좋았지만 곳곳에서 만난 한국 젊은이들이 하나같이 스마트하다는 점에 매우 큰 감명을 받았다고 했다. 직전에 방문한 일본과 비교해 서울의 청년들은 훨씬 에너제틱하고, 패셔너블하며, 영어를 자유자재로 구사하더라고 말했다. '질서정연하면서도 활기 넘치는 이 매력적인 도시'가 서양 사람들에게 상대적으로 덜 알려진 게 너무너무 안타깝다고

도 했다. "조금만 더 치밀하게 여행 계획을 짰더라면, 처음부터 행선지를 한국으로 잡아 부여와 경주에도 가볼 수 있었을 텐데." 이렇게 말하는 그들은 진심으로 아쉬워 하는 듯했다. 머잖아 꼭 다시 서울에 올 거라고 말하던 이 젊은이들은 그 사이 두 차례 더 한국을 방문해 그때 못 본 우리의 지방 도시들까지 훑고 갔다.

아마도 적잖은 사람들이 비슷한 에피소드를 경험했을 것이다. 그리고 최근 들어서는 회사 업무를 통해 연결된 외국인들로부터 유사한 러브콜이 들어온다. 유명 작가들, 저작물로 인연을 맺은 학자와 그 비서들…. 공식적인 출판 업무는 양쪽 에이전트를 통해 처리하면 될 일이다. 개인적인 취향이 아니라면 굳이 출판사 편집자의 연락처를 캐물어 직접 연결할 일 없는 그들이 살가운 안부편지를 보내온다. 자신이 아는 한국문화의 매력에 아낌없는 호의를 표하면서. 머지않은 날에 서울에서 만나기를 바란다는 그들의 편지는 나를 설레게 한다. 내가 미처 모르던 우리의 힘이랄까, 대중문화가 이끌어낸 한류의 위상을 실감하며 뿌듯해지는 것이다.

지난 여름, 일본의 무역 보복조치가 본격화되었을 때 내 머리에 가장 먼저 스친 생각은 이런 거였다. 거스를 수 없는 이 기류를 우리보다 먼저 이웃나라 위정자가 간파했구나. '이러다가 아시아의 문화주도권마저 빼앗기면 어쩌지?' 두려움과 조급증, 피부로 체감하는 무게추의 움직임을 어떻게든 부정하려는 발버둥이 그로 하여금 패악에 가까운 무리수를 두게 만들었다고. 한쪽에선 날선 훈계가 쏟아진다. 순진한 호기는 금물이라고, 이건 나라 경제와 미래가 결딴나느냐 마느냐의 중대사라고 말이다.

안다. 다행히 이 이슈로 요동치던 몇 달, 나는 기업현장에서 잔뼈가 굵은 이들을 여럿 만났다. "우리야 뭐, 우리 분야만 아니까…." 겸손하고 조심스러웠지만, 그들은 예상 외로 의연했다. 그러잖아도 낡은 기업생태계를 재정비할 계기가 절실하던 참이라고 입을 모았다. 그리고 이런 말이 덧붙었다. "당장 몇몇 어려움이 있겠지만, 지금 이 사태야말로 하늘이 내려준 기회였음이 머잖아 밝혀질 거라고 봐요." 확신에 찬 단단한 목소리. 달리 고마움을 표할 길 없어 밥값은 내가 내겠다고 호기를 부렸다.

오늘 하루도
평안하시기를

약사발 크기 머그잔 가득 커피를 부어 꿀꺽꿀꺽 마신다. 이렇게라도 해야 말짱한 정신으로 하루를 시작할 수 있어서다. 카페인의 효과는 참으로 대단해서 물컹하게 끓아버린 것 같던 심신이 금세 탄력을 받는다. 한낮 땡볕 아래서 하는 작업도 아니고, 사무실에 틀어박혀 원고를 매만지는 일이다. 진한 커피 두어 잔이면 너끈히 이겨낼 수 있다. 게다가 제아무리 기세등등한 2018년의 폭염도 8월을 지나 광복절을 맞을 무렵이면 꼬리를 내릴 수밖에 없다. 경험이 가르쳐준 자연의 이치다.

기억하기로 1994년 여름도 아주 더웠다. 그러나 그 해의 폭염은, 내게 체감한 더위가 아니라 몇 컷의 이색적인 풍경으로 남아 있다.

그 시절, 무더위가 오면 TV에서 내보내는 단골 화면들이 있었다. 햇살 아래 엿가락처럼 늘어진 철로와, 철로보다 더 애처롭게 늘어진 러닝셔츠 바람으로 멱살잡이하는 사내들의 모습이 뉴스 화면에 잡혔다. 슈퍼마켓 평상에서 사이좋게 소주를 나눠 마시던 아저씨들, 운전 중이던 앞뒤 차에서 튀어나온 사람들이 다짜고짜 부둥켜안고 격투기를 했다. 그렇게 남자들이 육박전을 펼치던 날, 불쾌치수는 80을 넘었다.

한데 1994년 여름, 폭염을 보도하는 기자는 달랐다. 펄펄 끓는 한낮의 햇빛으로 달궈진 자동차 보닛 위에 달걀을 깨뜨렸다. 아스팔트 도로 대신 자동차 철판 위로 올라간 날달걀은 금세 먹기 좋은 색깔의 반숙으로 변했고, 이 뉴스는 그 해의 더위를 강조하는 장면으로 내 뇌리에 박혀버렸다.

그 여름 언니네 집에 얹혀살던 나는 조지 오웰의 소설을 읽었다. 바깥의 더위를 식히고도 남는 서늘한 공포가 책 속에 있었다. 어느 토요일 낮, 방에 틀어박혀 소설을 읽는데 밖에서 이상한 소리가 반복적으로 났다. 물소리,

현관문이 닫혔다 다시 열리는 소리, 물소리, 다시 현관문 열리는 소리…. 방문을 열고 나가보니 주방부터 현관까지 물이 흥건했다. 30도를 넘는 무더위에도 팔뚝에 소름이 돋았다. 조심조심 물 자국을 따라가니 100미터쯤 떨어진 대로변까지 이어졌다.

이런이런! 네 살 조카가 플라타너스나무 가로수에 물을 주고 있었다. 조그만 찻주전자로 날라서 나무 밑동 곳곳에 뿌린 물 자국이 내 눈에 들어왔다. 꼭 강아지가 오줌을 눈 것 같은 모양새였다. "얘들이 너무 목마르고 아픈가 봐." 땀과 흙으로 범벅이 된 아이가 시들시들 말라가는 나뭇잎들을 가리키며 중얼거렸다.

이걸 어째야 좋을까. 잠시 난감하던 순간, 지금 돌이켜봐도 기특한 지혜가 내 머리에서 나왔다. 아이의 손을 잡고 철물점으로 갔다. 사정을 말하자 주인아저씨는 아주 기다란 호스를 공짜로 빌려주고 대로변에 있는 자신의 집 수도까지 무료로 개방했다. 그 해 여름이 물러갈 때까지, 나와 조카는 호스를 들고 플라타너스나무 가로수에 물을 주었다.

다시 폭염으로 들끓은 올 여름. 야리야리하던 24년 전의 플라타너스나무는 아름드리 가로수로 자라났다. 땀범벅이 된 얼굴로 나를 일깨우던 네 살 아이도 스물여덟 건강한 아가씨로 성장했다. 다만 그때의 풍경만은 조지 오웰의 소설 내용보다 더 선명한 기억으로 내 머리에 각인돼 땡볕 아래 안전모를 쓰고 일하는 이를 볼 때마다, 땀으로 흥건한 택배기사의 얼굴과 맞닥뜨릴 때마다 무시로 오버랩된다.

조금만 참으면 여름은 갈 것이다. 그러나 누군가는 날계란을 반숙으로 만들어 버리는 폭염 아래서 망치질을 하고, 가격이 곤두박질친 폐지를 팔아 생계를 이어야 하는 노인은 재난경보가 내린 날에도 리어카를 끌고 거리에 나선다.

누적된 수면 부족에 맞서려다 커피를 너무 많이 마셔 버렸다. 부들부들 떨리는 두 팔을 내려다보며 생각한다. 바라건대, 이 여름이 카페인중독만으로 기억되기를. 모든 분들이 오늘 하루도 평안하시기를….

성장통처럼
여름을 견뎠다

해가 지고 바람이 불었다. 책상서랍 속에 꼬불쳐둔 트레이닝 복으로 갈아입고 안양천 둑길로 나섰다. 지난 여름 얼마나 이 길을 걷고 싶었던가. 천천히 달리면서 몰라보게 변한 수변 풍경을 두리번거렸다. 맹렬하게 자란 수양버드나무 가지는 산책로까지 늘어지고, 여름풀 덤불에 홀로 선 고욤나무는 진초록 굵은 열매를 빼곡히 달고 있었다.

이쪽 끝에서 다리 건너 저쪽까지 1킬로미터 남짓 혼자 달리니 온몸이 땀에 젖었다. 선선한 냇바람을 맞으며 왔던 길을 도로 달리다가 산책로 벤치 앞에 멈춰 섰다. 아까 저쪽으로 달릴 때 봤던 자세 그대로 할머니 한 분이 앉아 계셨다. 꾸벅꾸벅 조는 듯, 어쩌면 아픈 듯 구부정한 몸이 미세하게 흔들렸다.

걱정스러워 내쳐 달릴 수가 없었다. 가만히 옆에 앉았다. 내 쪽으로 시선을 돌리는 그이의 눈가에 물기가 가득했다. 손에 쥐고 있던 물병을 건네며 말을 붙였다. "어르신, 물이라도 좀 드시겠어요?" 느릿느릿 손을 뻗어 물병을 쥐던 모습과 달리 꿀럭꿀럭 마시는 모습이 생경했다. 달리 할 말이 없어 주춤거리는데 한숨소리와 말소리가 같이 들렸다. "조금만 더 버텼으면 좋았을 걸, 나약한 사람." 들어보니 해로하던 할아버지가 시름시름 앓다 세상을 떠났다고 했다.

이 여름이 또 한 생을 거두어 들였구나.

지난 한 달 사이 세 차례나 조문을 다녀왔다. 지인들이 연로한 부모를 잃었다. 며칠 전 갑작스레 생을 달리하신 한 어른은 딸의 사회 후배인 나에게 20년 넘도록 김치며 된장이며 푸성귀며, 때맞춰 챙겨 보내주셨다. 눈 감고도 그 어른의 손맛을 구별해낼 수 있을 만큼 내게 친숙한 사람이었다.

그 어른이 돌아가시기 사흘 전인 목요일 저녁, 선배의

전화를 받았다. "고향에 다녀오는 길이야. 더윗병을 얻었는지 엄마가 좀 기진한 것 같아서. 오후에 시간이 나길래 읍내 병원에 모시고 가서 영양제 놓아드리고 가는 거야." 다음주에 만나 점심을 먹기로 약속하고 통화를 마쳤다. 사흘 뒤인 일요일 저녁, 부고가 날아들었다. 서둘러 달려간 장례식장에서 선배는 맥없이 허둥대고 있었다. 여름을 버겁게 나신다고만 여겼을 뿐, 이렇게 느닷없이 어머니의 임종을 맞을 거라고는 상상도 못 했던 거다.

그러나 빈소에 앉아 두어 시간 선배와 이야기기를 하다 보니 이별은 남은 사람에게만 당혹스러울 수도 있겠다는 생각이 들었다. 영정으로 쓸 사진을 찾기 위해 부랴부랴 고향집으로 달려가 옷장과 서랍을 열던 선배는 주저앉고 말았다. 모친이 생의 마지막 며칠을 무얼 하며 보냈는지 그제야 알았던 것이다. 옷과 생활용품으로 가득 찼던 장은 거의 비어 있었다. 당신이 쓰던 오래된 세간들마저 다 태워버리고, 장례는 화장으로 치러 비석도 나무도 세우지 말고 선산 아래 뿌리라는 유언장까지 써놓은 뒤였다. '영정은 사진이 아닌 그림으로 대신하라'는 글자와 함께 보자기에 싼 액자까지 있었다고 한다.

눈물을 훔쳐내며 이야기하던 선배가 중얼거리듯 덧붙였다. 자연의 섭리를 신앙처럼 따르던 자신의 어머니는 이 여름 당신이 완전히 소멸하기를 원한 것 같다고. 추억이 될 만한 옷가지나 물품 몇 개는 남겨둘 만도 한데, 염천에 기력이 다한 몸을 움직여 손수 태워버린 모친의 마음을 가늠하자니 가슴이 미어진다고. 이야기를 들으며 나는 그저 선배의 손만 꽉 쥐었다.

그리고 이 저녁. 산책길에서 만난 낯선 노인이 울고 있었다. 여든 살은 넘은 듯 주름진 얼굴. 늙고 쇠하면 사그라지는 게 자연의 섭리라지만, 그 오랜 세월 함께 건넌 반려를 죽음으로 잃는 일이 어떤 건지 짐작조차 할 수 없는 나는 입을 닫았다. 어쩌면 지금 이 어른에게는 혼자 냇물을 바라보며 애도하는 시간이 필요할지도 모른다. 조용히 일어나 목례한 뒤 나는 다시 달렸다.

바람이 거세게 불며 빗방울이 떨어지기 시작했다.

SEASON 3

가장 즐거워야 할 순간마다 도드라지는
스스로의 처지가 소년을 외롭게 만들었다.
명절 연휴에 기숙사가 문을 닫으면, 아이는 혼자 밖으로
나가 노숙을 했다. 방학이 시작돼 친구들이 유럽으로 긴 여행을
떠날 때, 어느 초원으로 이동했을지 모르는 가족들에게 닿기
위해 일주일이고 열흘이고 흙투성이가 되어 걸었다.

지금,
우리 곁의 누군가가 울고 있다

        책을 읽고 만들지 않았다면 절대 몰랐을 어떤 사람들의 속 깊은 이야기가 있다. 15년도 더 전에 책으로 만들었지만 오래도록 잊히지 않는 한 소년의 이야기가 여기에 해당한다.

    아프리카 사바나 마사이족의 아들로 태어난 아이. 그 땅에서 태어난 모든 사내아이가 그렇듯, 아이는 얼른 자라 소 떼를 모는 용맹한 목동이 되기를 소망했다. 어느 날, 인근 마을에 선교사가 세운 학교가 들어섰다는 소식이 그 유목민 마을에도 전해졌다. 때를 맞추듯 케냐 정부에서 '한 가정 한 아이 학교 보내기' 정책을 발표했다. 정부 당국자들이 유목민의 움막을 찾아 새로 만들어진

정책을 설명했다. 아버지는 일손이 줄어든다고 맞섰지만 나라에서 만든 정책을 거스를 수는 없었다. 학교에 입학할 수 있는 나이는 여덟 살 이상이었다. 가장은 마지못해 열한 살쯤 된 둘째 아들을 학교에 보냈다. 등교 첫날부터 몸서리를 치던 아이는 며칠 안 돼 차라리 하이에나에게 잡아먹히겠다며 하이에나 굴속에 숨어버렸다.

아이가 며칠째 결석을 하자 경찰이 들이닥쳤다. 제복 입은 그이들은 정부 시책을 거스를 수 없다며 으름장을 났다. 가족의 핵심 노동력인 큰아들이 차출될 찰나, 상황을 지켜보던 여섯 살 막내가 나섰다. "제가 갈게요." "너 몇 살인데?" "여덟 살이에요."

소년은 또래보다 훌쩍 컸다. "왼팔을 머리 위로 올려서 오른쪽 귀를 잡아봐." 출생증명서가 따로 없는 그곳에서 아이의 나이를 가늠하는 방법이었다. 소년은 있는 힘을 다해 왼팔을 뻗어 오른쪽 귀를 잡았다.

소년의 이름은 레마솔라이. 마사이 말로 '자존심이 강하다'는 뜻이다. 명민한 아이는 어려서부터 소젖을 먹고 송아지들을 돌보며 다진 체력 덕에 축구도 잘 했다. 교사들은 아이에게 케냐 최고 명문 카바라크 고등학교에 진학할 것을 권했다. 가난한 유목민의 아이에겐 언감생심이었다. 문제는 아이가 자신이 알지 못하는 세계를 상상하기 시작했다는 거였다. 방학이면 초원으로 돌아와 소를 몰았지만 문득문득, 이유를 알 수 없는 슬픔이 차올랐다. 막내의 마음을 읽은 엄마가 목숨 같은 소를 팔아 학비를 대겠다고 나섰다.

하지만 홀로 먼 길을 물어물어 학교 정문 앞에 도착하던 날, 레마솔라이는 굳어버렸다. 깨끗한 옷을 입고 고급 승용차에서 내리는 아이들. 그곳은, 다 헤져 여기저기 기운 옷차림에 짐을 쑤셔넣은 비닐 쓰레기봉투 하나만든 자신이 있을 곳이 아니었다. 수위실 담벼락에 몸을 기대고 주저앉아 있던 아이가 마침내 학교로 향했다. 쏟아지는 시선을 느꼈지만, 한 번도 돌아보지 않았다. 거기서 머뭇거리면 절대 다시 학교로 들어갈 수 없으리라는 두려움이 압도했기 때문이다.

학교생활은 좋았다. 다만 가장 즐거워야 할 순간마다 도드라지는 스스로의 처지가 소년을 외롭게 만들었다. 학교 축제 때면 친구 가족들이 찾아와 떠들썩한 파티를 했지만, 아이의 식구들은 그가 다니는 학교 이름조차 알지 못했다. 명절 연휴에 기숙사가 문을 닫으면, 레마솔라이는 혼자 밖으로 나가 노숙을 했다. 방학이 시작돼 친구들이 유럽으로 긴 여행을 떠날 때, 레마솔라이는 어느 초원으로 이동했을지 모르는 가족들에게 닿기 위해 일주일이고 열흘이고 흙투성이가 되어 걸었다.

긴 추석 연휴가 시작됐다. 누군가는 비행기에 몸을 실었고, 누군가는 아이에게 평생 간직될 경험을 만들어주기 위해 골몰한다. 그리고 누군가는 이런 날일수록 또렷하게 정체를 드러내는 물리적 결핍과 누추함을 응시하며 울고 있을지 모른다.

어렵사리 미국 유학까지 마치고 돌아와 지금은 케냐 유목민의 교육을 위해 뛰고 있는 레마솔라이는 회상한다. 아주 절망적일 때, 스스로 패자처럼 느껴질 때, 조용히 손 내민 은인들이 없었다면 자기는 진즉에 쓰러졌을 거라고. 하필 명절 연휴가 시작되는 날, 저 멀리 아프리카에서 날아온 이야기를 곱씹는 것은 이 때문이다.

인간의 욕망,
식물의 욕망

　　　　　열흘 간 사무실을 비우면서 가장 걱정했던
건 여덟 포기 바질의 안위였다. 다른 업무야 미리 당기거
나 늦추거나 혹은 출장지에서 스마트폰으로 해결하는 게
가능했다. 단 하나 사무실 베란다에서 자라는 바질은 매
일같이 물을 주어야 생존하는 식물이었다. 떠나면서 동
료에게 부탁은 했다. 다른 화초들은 금요일에 한 번만
물을 주되, 베란다에 있는 바질은 번거롭더라도 이틀에
한 번씩은 물을 주어 달라고.

　출장지에서 전식으로 나오는 파스타를 먹을 때마다 베
란다의 바질을 생각했다. 시들어 죽지 않고 잘 버티기는
하는 건지. 한갓 식물에 대한 애정이 유난스러운 데에는
그만한 이유가 있었다.

작년 가을. 도심이 온갖 축제 무대로 변신하던 때 서울광장에 갔다. 광장을 둘러싼 행사 부스들을 둘러보는데 착한 얼굴의 청년 하나가 막대사탕처럼 생긴 무언가를 내게 내밀었다. 셀로판지에 동그랗게 싸여 플라스틱 막대까지 꽂힌 모양새가 영락없는 추파춥스였다. "바질 씨앗이에요." 청년이 웃으며 말했다. 포장을 벗겨 화분에 그대로 심으면 된다고 친절한 설명까지 곁들였다. 그날 몇 시간이나 도심 여기저기를 누비면서도 행여 이 흙구슬을 잃어버리지 않을까 노심초사했던 기억이 생생하다.

돌아와 셀로판지를 벗겨보니 꽤 많은 씨앗이 흙 속에 숨어 있었다. 흙구슬을 검지손가락으로 살살 허물어뜨린 다음 사무실 베란다에 있는 모판 크기 화분에 듬성듬성 뿌렸다. 며칠 지나지 않아 좁쌀만한 싹들이 나오기 시작했다. 겨울이 깊어지기 전에 제법 모종 형태를 갖춘 녀석들을 두 포기씩 짝지어 분갈이했다. 총 열두 포기를 낡은 에코백과 복숭아 궤짝으로 만든 화분에 옮겨 심었더니 그렇게 예쁠 수가 없었다.

바질은 허브식물들 중 키우기가 비교적 쉽다. 겨울이 물러나고 햇살이 따스해지자 녀석들은 왕성한 생장 속도를 뽑냈다. 그 열정적인 분투가 다른 이의 눈에도 남달랐던가 보다. 초봄, 사무실에 놀러온 손님 하나가 팔랑거리는 연둣빛 잎사귀에 반해 한참을 들여다보았다. 노골적으로 탐을 내는 그에게 화분 두 개를 선물했다. 4월로 접어들면서 본격적으로 잎을 따기 시작했다. 하루가 멀다 하고 샐러드와 파스타를 해먹고 약식 피자에도 곁들였다. 폭염이 맹위를 떨치던 여름에는 넉넉한 양의 바질페스토까지 만들어 둘 정도로 엄청난 양을 수확했으니, 내게는 여러모로 각별할 수밖에 없는 생명이었다.

출장을 마치고 출근하자마자 베란다로 갔다. 무사했다. 가을 햇살을 맞아 잎사귀들이 순한 초록으로 변하고 있었다. 나 없는 사이 동료가 나름의 방식으로 수확한 흔적이 보였다. 위로 솟은 가지에 흰색 꽃들까지 새로 맺혔다. "쟤들 자라는 속도가 장난 아니던데요. 두 번이나 한 봉지씩 따가서 스파게티를 해먹었는데도 저래요." 내 뒤로 온 동료의 목소리에서 감춰지지 않는 뿌듯함이 묻어나왔다. "씨앗을 받아야겠어요. 내년 봄에는 우리 집 텃밭에서도 좀 키워볼 참이에요."

아하! 일종의 깨달음 같은 생각이 뇌리를 스쳤다. 《욕망하는 식물》을 쓴 작가 마이클 폴란은 말했다. 식물은 인간의 다양한 욕망을 교묘하게 파고들면서 자신의 생존과 번식 욕구를 끊임없이 충족해왔다고. 아름다움으로, 효용가치로, 맛으로…, 서로의 욕망을 이용하고 만족시키면서 인간과 식물은 공진화를 거듭해왔다고 말이다. 그러니까 330일 넘는 날을 내 보호에 기대 태어나고 생존해온 바질들은, 불과 열흘 사이 다른 인간의 욕망을 파고들어 번식이라는 더 큰 과제를 해결해낸 셈이다.

하얗게 피어난 여린 꽃들이 예사롭지 않게 보였다. 꽃봉오리 맺을 틈조차 주지 않고 똑똑 새순 따먹는 데만 열중하던 내가 자리를 비운 그 며칠이 녀석들에게는 얼마나 큰 기회이고 축복이었을까. 공연히 민망해지면서 헤픈 웃음이 나왔다. 누가 누구를 걱정해.

가만히 앉아 바질들에게 속삭였다. "쳇, 너희들도 다 계획이 있었구나."

밥맛이 하도
좋아서

　　나는 쌀밥을 무지 좋아한다. 요즘 유행하는 발아현미나 15곡 밥이 영양 측면에서 훌륭하다는 건 알지만, 솔직히 말해서 깨끗하게 도정해 막 지어낸 쌀밥을 먹는 기분에 비할 바는 못 된다. 아쉽게도 요새 식당에서는 내가 좋아하는 종류의 쌀밥을 거의 내놓지 않는다. 손님의 건강을 염려해 흑미가 섞인 밥을 내놓는 것일 수도, 아니면 굳이 말하고 싶지 않은 다른 이유 때문일 수도 있다. 여하간 식사의 꽃이라고 할 수 있는 밥맛을 포기할 수 없는 나는 특별한 일이 없는 한, 아침과 저녁은 내 손으로 직접 차려 먹는다.

　　오랜만에 찾아온 선배로부터 10킬로그램짜리 유기농 경기미 한 포대를 선물받았다. 내 식사 취향을 잘 아는 그가, 직접 농사지은 햅쌀을 도정하자마자 자동차 트렁크에 싣고 달려온 것이다. 봉투 상단의 실을 살살 뜯어서 살펴보니 오동통한 모양이 여간 탐스러운 게 아니었다. 당장 그날 저녁에 밥을 해먹었는데 고슬고슬하고 차진 맛이, 천하일품이었다.

느지막이 일어난 지난 일요일 아침. 묵은지로 끓여낸 김치찌개에 기름진 쌀밥 한 그릇을 뚝딱 비웠다. 사람 마음이라는 게 참 얄팍하고 변덕스러워서 맛있는 밥을 배불리 먹고 나니 더는 바랄 게 없다는 나른한 행복감이 온몸에 번졌다. 거실에 누워 열어둔 창문 틈으로 들어오는 선선한 바람을 기분 좋게 느끼다가 그만 잠이 들고 말았다. 그런데 이게 무슨 해괴한 꿈이람.

무거운 쌀 포대를 어깨에 멘 내가 끝도 없이 이어진 길을 홀로 걸어가고 있었다. 다리는 후들거리고 금방이라도 비가 쏟아질듯 머리 위로는 먹장구름이 몰려왔다. 난감한 심정으로 주춤거리는데 저 멀리서 택시 한 대가 달려오더니 내 앞에 멈춰 섰다. 얼른 그 택시를 잡았다.

운전기사가 튀어나와 무거운 쌀 포대를 받아들어 조수

석에 내려놓았다. 그러고는 나에게 뒷자리에 앉아 편히 쉬라고 했다.

택시가 출발하고 이제 좀 쉴까 했는데 이 기사 양반, 쉴 새 없이 말씀을 하시는 거였다. 그 상황을 참고 견디자니 가뜩이나 지친 몸에 헛구역질이 날 지경이었다. 길고 긴 길을 그렇게 한참이나 달렸다. 마침내 택시가 다시 멈추고 나는 뒷자리에서 내렸다. 이제 해방이다 싶은 마음으로 몇 걸음을 옮기다가 깨달았다. '아차, 큰일 났다.' 조수석에 놓았던 쌀 포대를 챙기지 않은 것이다. 돌아보니 택시는 벌써 저만치 내빼고, 낙담한 나는 그 자리에 풀썩 주저앉았다.

"그러기에 기사가 쌀 포대를 받아서 앞자리에 놓으려 할 때, 정중히 사양하고 내가 챙겼어야 하는데…." 이렇게 중얼거리다 보니 원망의 화살이 운전기사에게 겨누어졌다. '빌어먹을! 이제 생각해보니 그 운전기사가 처음부터 내 쌀 포대에 눈독을 들였던 거야. 그렇지 않으면 왜 그걸 덥석 받아서 조수석에 던져놓았겠어. 맥락 없이 주절거리던 수다도 다 내 정신을 산란하게 만들려는 술책이었던 거야.' 답답한 건, 아무리 애를 써도 택시기사의 얼굴이 떠오르지 않는다는 점이었다. 생각이 여기까지 미치자 원망은 자책으로 되돌아왔다. 속상한 원숭이처럼 가슴을 치다가 꿈에서 깨어났다.

세상에! 백주대낮에 밥 잘 먹고 낮잠 자다 이렇게 남부끄럽고 황당한 꿈에 시달리다니. 민망한 마음 한편으로도 그게 꿈이라는 것이, 내 쌀 포대는 안전하다는 사실이 고맙고 다행스러워서 또 어처구니없는 웃음을 웃고 말았다.

쌀을 선물한 선배에게 전화를 걸었다. 심리학을 공부한 그이라면, 이처럼 망측한 꿈의 근원을 해석하지 않을까 싶었다. 그 선배, 꿈 해석 따위 한 마디도 않은 채 깔깔깔 웃기만 했다. 한참을 그러던 그가 드디어 입을 열었다. 한 달쯤 지나서 새로 도정한 쌀을 다시 보내줄 테니까, 끼니 거르지 말고 밥이나 열심히 해먹으란다.

한낮의 실없는 꿈 값치고 엄청난 횡재 아닌가. 으흐흐! 수지맞았다.

님아, 큰 소리로
그 말을 하지 마오

총기 좋은 사람들에겐 애석하게도 기억력
은 지능과 무관하다고 한다. 이와 관련해 흥미로운 연구
결과가 있다.

기억력 연구 대가인 신경생물학자 제임스 맥고에게 질
프라이스라는 여성이 이메일을 보냈다. 편지에서 그녀는
자신이 열한 살 이후의 과거를 죄다 기억한다고, 지나온
모든 삶이 눈앞에서 생생하게 펼쳐지는 통에 미칠 것 같
다고 하소연했다. 타고난 허풍선이거나 거짓말쟁이는 아
닐까? 하지만 연구자로서의 호기심이 팔순 넘은 노학자
를 돌려세웠다. 프라이스를 만난 맥고는 여러 방면으로
테스트를 했다. 거짓이 아니었다. 당시 서른다섯 살이던
프라이스는 자신의 삶에서 일어난 모든 일을 기억하고

있었다. 프라이스가 25년 동안 써온 일기를 이용해 과거 어느 날이든 무작위로 지목하면, 그날이 무슨 요일이며 어떻게 보냈는지를 통째로 기억했다고 맥고는 자신의 논문에서 밝혔다. 특별한 기억술을 연마한 것도 아니었다. 학창시절 성적은 그럭저럭, 지능 역시 평균에 머물렀다.

왜 이런 일이 벌어질까? 맥고와 동료들이 유사한 증상을 보이는 환자들을 대상으로 연구한 끝에 밝혀낸 사실은 그들의 뇌 중 아홉 개 부위가 정상인들과 다르다는 점이었다. 가령 측두엽이 보통 사람들보다 비대하거나 해마와 편도체를 전두피질과 연결하는 소뇌의 아주 작은 구조가 달랐다. 맥고는 이런 현상을 일컬어 '과잉기억증후군'이라 이름 붙였다. 나아가 이 과잉기억이 불안이나 우울, 행동장애를 유발하기 쉽다고 우려했다.

프라이스만큼은 아니어도 쓸데없는 과잉기억으로 인해 불편을 겪는 사람은 주변에 많다. 나도 그렇다. 젊어서 직장생활 할 때도 손해를 봤다. 기민하고 열정 넘치는 상사는 다 좋은데 일관성이 좀 떨어졌다. 더구나 중요한 프로젝트에서 자신이 온갖 수사를 동원해 밀어붙였던 사안을 하루아침에 뒤엎으며 실무자를 족칠 때면 나도 모르게 미간에 세로줄이 생겼다. 궁지에 몰린 동료들이 그걸 놓칠 리 없어 사실대로 증언하라 나를 다그치고, 그간의 일들을 판화 찍어내듯 복기해 양자 간 얽힌 기억을 교정하는 난처한 꼴이 몇 차례 연출됐다. 젠장! 상사는 그 뒤부터 음식과 이야기가 어깨춤을 추는 재미난 자리에는 나를 데려가지 않았다.

월급쟁이 생활을 그만두고 나이가 들면서 과잉기억이 유발하는 문제는 많이 줄었다. 이제야 기억과 망각 시스템이 제대로 작동되는구나 싶었지만, 100개 넘는 회사가 입주한 빌딩으로 이사하면서 병증이 도졌다. 로비에서, 인근 식당에서, 엘리베이터 안에서 들리는 우렁찬 목소리들. 그들의 특징적인 말투와 표정이 내 머릿속에 콕콕 박혔다.

"내가 이번에 만난 여자한테는 진짜 모든 걸 다 줘가면서 잘 했거든. 근데 이 x년이 또 뒤통수를 치네." 모르는 청년의 연애사에 웃지도 못하고 입을 틀어막았던 나는 며칠 뒤 그 청년이 건물 앞 벤치에 앉아 전화기 저편 어느 여인에겐가 느끼한 작업멘트를 날릴 때 쓴웃음만

지었다. 한낮 엘리베이터에 동승한 여성은 무선 이어폰을 귀에 꽂은 채 통화를 이어갔다. "아, 이 미친 또라이 신 팀장 xx가 돈을 얼마나 밝히는지…." 뒤에 선 채 눈만 흘기던 나는 하필 다음날 점심시간 식당에서 마주친 그녀가 "신 팀장니임~," 콧소리 내는 걸 보며 "야, 이 미친 또라이 신 팀장 xx야." 불러보고 싶은 충동에 사로잡힌다.

가만 보면 제멋대로 귓전을 파고들어 기억으로 남는 말들에는 몇 가지 특징이 있다. 감정이 가득 실렸으며, 내용이 자극적이고, 하나같이 목소리가 크다는 것. 그 청년과 여성은 자신이 마구잡이로 내뱉은 말을 낯선 누군가가 기억하고 주시한다는 걸 상상이나 할까.

부탁이니, 제발 아무 데서나 큰 소리로 감정 분출하지 말기를. 공중도덕 운운하기 전에 스스로에게 치명타가 될 수 있으니 말이다.

열려라, 참깨

개업한 지 며칠 안 된 식당 앞으로 긴 줄이 이어졌다. 점심이든 저녁이든, 지나칠 때마다 같은 상황이 반복됐다. 그런 풍경에 진저리를 치는 지인이 있다. 걸신 들린 사람들만 사는 세상처럼 흉물스럽다나. 게다가 꼴불견이 연출되는 데에는 십중팔구 교묘한 장삿속이 개입된다고 그는 굳게 믿는 눈치다.

그에게 대놓고 반박하지 않지만 팔랑 귀를 나풀거리는 나는 정반대다. 예컨대 제 돈 내고 무언가를 사먹는 사람들은 의외로 깐깐하다는 믿음이 나를 지탱한다. 한술 더 떠 어린 자녀나 나이든 부모를 모시고 나와 대기자 명단에 이름을 올리는 사람들이 보인다면, 그 식당에는 꼭 한번 들어가 먹어본다.

엊저녁, 평소보다 이른 시간에 일을 끝내고 친구를 꼬드겨 산책에 나섰다. 어슬렁어슬렁 걸으며 땅에 떨어진 오동나무 열매에 대해 장광설을 늘어놓고 동네 빵집도 구경하다 스르륵 그 식당 쪽으로 방향을 틀었다. 오후 6시가 채 안 된 시간이라 대기자 명단에 딱 한 팀만 올라 있었다. "어? 오늘은 기다리는 사람이 별로 없네. 오픈한 지 얼마 안 됐는데, 지나갈 때마다 긴 줄이 보이더라고." 눈치 빠른 친구가 피식 웃으며 걸어가더니 대기자 목록에 자기 이름을 써넣고 돌아왔다. 이런 센스 꾸러기 같으니라고.

5분쯤 지나 자리를 배정받은 뒤 테이블에 깔린 밑반찬을 맛보는 순간 알아차렸다. 신선한 재료야 음식 좀 한다는 가게의 기본이다. 사람을 꼬이게 하는 이 식당의 비기秘技는 따로 있었으니 바로 참깨와 참기름이었다. 소금간을 한 콩나물무침에서도, 가을배추를 버무린 겉절이에서도 값싼 식용유가 섞여들지 않은 참기름 본연의 맛이 났다. 따로 시킨 꼬막무침도 마찬가지여서, 테이블에 놓인 참기름을 살짝 덧뿌려 밥에 비벼 먹으니 숨길 수 없는 신음과 함께 〈알리바바와 40인의 도적〉에 나오는 주문이 입에서 흘러나왔다. "열려라 참깨."

보물을 가득 숨겨둔 도적 떼의 동굴 앞에 선 알리바바가 단단한 바위 문을 열기 위해 외웠던 마법의 주문. 당대에 가장 비싸게 거래되었을 황금이나 낙타도 아니고, 왜 하필 참깨였을까?

장구한 시간 동안 전 세계 뭇사람들 사이에서 무수한 희망의 메시지로도 변주되었던 이 주문을 두고 일부에서는 다른 가설을 제시하기도 한다. 이야기를 처음 기록한 프랑스어의 'Sésame, ouvre-toi'나 영어 'Open Sesame'에서 참깨라고 번역된 단어 세서미의 아랍어 '심심Simsim'이 현지 사람들 사이에서는 '대문'이라는 의미로도 통용된다는 것이다. 그러니 아마도 알리바바는 "열려라, 대문!"이라 외쳤을 거라고 말이다.

하지만 내게는 이 가설이 어쩐지 심심하게만 여겨진다. 게다가 목숨을 담보로 천일하고도 하룻밤 동안, 분노와 복수의 화신이 된 샤리아르 왕 앞에서 두고두고 곱씹을 만큼 매혹적인 이야기를 풀어내야 했던 샤흐라자드가 아니던가. 그런 샤흐라자드의 운명을 떠올리자면, 알리바바의 모험이 절정으로 치닫는 대목을 일차원적으로 심심하게 묘사했을 리 없다는 데까지 생각이 미친다. 아마도 이야기의 화자는 쏟아지는 햇볕 아래 통통하게 영글어 농익은 이후에야 단단했던 꼬투리를 툭! 하고 터뜨려 알알이 쏟아지는 참깨의 속성과 진한 향미를 이해하고 있었을 터. 그 메타포가 알리바바의 모험과 만남으로써 이야기의 풍미가 훨씬 깊어졌다고 나는 믿어왔다.

마음먹고 시킨 해물탕까지 싹싹 비운 우리는 그 사이 불어난 대기자들에게 자리를 양보하기 위해 서둘러 일어섰다. 못내 궁금했던 내가 계산을 하다 말고 주인에게 물었다. 이 집의 참기름, 의도한 거 맞느냐고.

낮고 작은 소리로 그가 답했다. "네."

확신에 찬 저 눈빛이라니. 바위 문이 열리던 순간 알리바바의 표정이 딱 저렇지 않았을까 싶었다.

언니가 돌아왔다

당연하다고 생각하던 것들이 더 이상 당연하지 않은 방식으로 불쑥 모습을 드러낼 때 우리는 화들짝 놀란다.

"미안해. 난 여기서 혼자 쉬고 있을게. 그러니까 내 걱정하지 말고 다른 사람들은 예정된 길을 다녀오면 어떨까?" 멋쩍은 표정으로 셋째 언니가 그렇게 말했을 때 우리 자매는 일순 말을 잃었다. 여행지에서, 그리 높지 않은 산을 오르려 할 때였다. 행여 분위기를 망칠까 주춤거리던 언니가 결국 그 말을 입에 올린 건, 의지로 어찌 해볼 수 없을 만큼 체력이 바닥나 버렸다는 의미였다. 걱정스러운 마음을 애써 감추며 우리 일행은 정해진 산행을 했다. 정상에 올라 바라보는 산 아래 풍경이 기막히게 아름다운만큼 저 아래 그늘에서 홀로 쉬고 있을 언니에 대한 애잔함도 컸다.

사실을 말하자면, 셋째 언니가 이런 식으로 비실대는 모습을 보여서는 안 되는 거였다. 어릴 적부터 셋째 언니는 우리 자매들 모두가 부러워하는 강철 체력의 소유자였으니까. 함께 자라는 동안, 후리후리하게 예쁘고 총명한 데다 막강 체력까지 지닌 언니는 모든 면에서 우리 집안의 자랑이었다. 공부는 기본이고 동생들을 돌보거나 부모님의 농사일을 거드는 데서도 언니는 발군의 능력을 뽐냈다. 방학 때 들에 나가 일을 돕다 보면 약골인 다른 형제들보다 서너 배 빠른 건 물론이고, 웬만한 어른보다 야무지게 일을 해치우기 일쑤였다. 그리고 집에 돌아와 청소하고 햇볕에 널어 말린 빨래까지 거둬들이고 나서 조용히 책상 앞에 앉는 언니 모습을 보자면 어린 마음에도 묵직한 감동이 일었다. 나보다 네 살 위인 언니가 매사 어른처럼 처신하는 게 신기해서 몇 번 물어본 적이 있다. "언니는 언제부터 그렇게 모든 걸 다 잘했어? 막 힘들거나 하기 싫다는 마음은 안 들어?" 그럴 때마다 언니는 자신의 착한 심성도 바지런함도 다 체력 덕인 것처럼 둘러대며 웃었다. "나는 몸이 튼튼해서 그래. 타고난 체력이 좋아서 공부하는 것도 농사일 돕는 것도, 약골인 너희들보다 훨씬 수월한 거 아닐까?"

함께 크고 어른이 되는 동안 나는 셋째 언니가 아파서 드러눕는 모습을 본 기억이 거의 없다. 그런 언니가 여행지에서 체력의 한계를 드러내며 허둥대는 모습이라니. 그걸 지켜보는 형제들 마음은 또 오죽했을까.

그리고 반년이 지나 가족모임을 다시 가졌다. 이번 모임에서 10대 조카들의 청원을 받아들여 물놀이를 가기로 했다는 소식을 듣고는 셋째 언니를 떠올렸다. '물놀이라면, 셋째 언니는 이번 모임에 참석하지 못하겠구나.'

한치 앞도 모르는 게 사람 일임을 이번에 나는 절감했다. 셋째 언니는 싱싱한 얼굴로 가족모임에 나타났고, 10대 청소년 못잖은 몸놀림으로 파도 풀 사이를 유영했다. 알고 보니 지난번 여행지에서 탈진한 직후 누구보다 심하게 당혹감을 느낀 사람은 바로 언니였다. 걱정에 찬 자매들의 시선을 받고 난 뒤 언니는 퍼뜩 정신을 차렸다고 한다. 더 이상은 타고난 체력에만 의지해 살아갈 수 없음을 인정하자마자 언니는 곧장 동네 수영장 강습과정에 등록했다. 그리고 타고난 근력 덕인지, 몇 달 사이 스스로도 놀랄 만큼 건강한 몸을 만들었다.

얕은 물에서 놀던 내가 가족들 쪽으로 서둘러 가다 잡고 있던 튜브가 뒤집히는 바람에 물속에서 허우적거렸다. 잽싸게 와서 나를 잡아 이끌어준 사람은 역시 셋째 언니였다.

"더 늦기 전에 너도 몸을 다시 만드는 게 좋겠어. 한동안 방치했던 몸 건강을 챙기면서 알게 되더라. 체력이 살아나니 뭐랄까, 인생관까지 달라지는 걸 느껴."

콧속에 들어간 물 때문에 잔뜩 찡그린 채로 나는 언니를 바라다보았다. 눈부시던 언니의 한창때 모습이 살아나고 있었다. 오랫동안 벼르기만 하던 수영 강습과정에 등록하기로 마음먹었다. 흐엉. 나도, 건강하게 다시 태어나고 싶어.

화장실 명언의 효용가치

건물 화장실마다 예쁜 액자를 걸기로 했다는 공고문이 붙은 건 6개월 전이었다. 입주자 대표회의에서 누군가 안건을 냈고, 그게 통과된 모양이었다. 나는 쓸데없이 설렜다. 어떤 작가의 작품이 우리 회사가 입주한 7층 화장실 액자에 담길까? 앙리 까르띠에 브레송이 라이카 카메라로 찍은 흑백사진이 걸리면 더없이 좋겠다며 입맛을 다시기도 했다.

그로부터 보름쯤 지난 오후였다. 졸린 눈을 끔벅이며 화장실로 들어서다가 깜짝 놀랐다. 형광 빛 도는 연두색으로 풀밭을 묘사한 그림 한 점이 알루미늄 액자에 담겨 핸드드라이어 상단에 고정돼 있었다. 생뚱맞은 그림 아래 박힌 찰리 채플린의 경구가 도드라졌다.

인생은 가까이서 보면 비극이지만, 멀리서 보면 희극이다.

우라질! 기분이 확 잡쳤다. 게다가 백색 화장실에서 저 홀로 화려한 존재감을 뽐내는 액자를 외면할 재간이 내게는 없었다. 위치 또한 절묘해 볼일을 본 뒤 씻은 손을 말리자면 매일 두세 번은 저 그림과 눈을 마주쳐야 했다.

그런데 이상도 하지. 그때마다 나도 모르게 채플린의 경구를 웅얼거리고, 오래 전 읽은 소설 하나가 떠오르는 거였다. 덴마크 소설가 마르틴 넥쇠가 쓴 〈종신형〉이라는 소설이다.

매우 독특한 방식으로 비극적 세계관을 지녔던 남자. 주인공 마티스는 바닷가 작은 마을에서 태어났다. 젊고 혈기왕성한 부부에게 신이 내려준 축복이 아니라, 나이 마흔을 훌쩍 넘겨 아이를 기대조차 못 했던 부부에게 어쩌다 생긴 늦둥이 외아들. 문제는 마티스가 늙은 부모 아래 세상에 나온 자신의 태생 자체를 평생의 짐으로 규정한다는 거였다. 모든 부모는 아이가 위험한 놀이에 휘말리지는 않을까 경계한다. 폭풍우 몰아치는 바다에서 배를 타기보다 벽으로 둘러싼 안전한 교실에서 수학과

시를 공부하길 바란다. 마티스의 부모도 마찬가지였다. 그러나 늙은 부모의 기대와 애정은 소년을 옭죌 뿐이었다. 견진세례를 마치고 아동 시기가 끝났음을 알리는 촌구석 신부의 축사가 내려지는 바로 그때, '불평 많은 아버지와 걱정스러운 암탉처럼 꼬꼬댁거리는 어머니의 잔소리'가 닿지 않는 곳으로 훌훌 떠나리라.

그럼에도 마티스는 늙은 아버지의 눈에 맺히는 눈물을 외면하지 못했다. 손바닥만한 비탈밭을 일구는 농부로 주저앉은 한스에게 의무와 자기 희생은 본성처럼 자리 잡았다. 다만 차곡차곡 쌓인 절망감이 그의 삶을 짓눌렀다. 그는 점점 완고하고 야멸찬 사람으로 변했다. 아들 한스가 태어났으나 싸늘하고 엄격한 훈육자에 머물렀다. 어느 날 헛간에서 맷돌을 돌리는 한스의 목덜미를 마티스가 움켜쥐자 아이는 겁에 질린 눈으로 비명을 질렀다. 그 순간 마티스는 보았다. 겁에 질린 눈동자와 비명 소리, 그건 지난날 자신의 모습에 다름 아니었다. 분노와 절망감으로 쌓아올렸던 벽이 한순간 허물어지고, 마티스는 아들을 품에 안았다. 난생 처음 느끼는 충만감이었다. 비극으로 끝날 것만 같던 마티스의 삶에도 따스한 햇살이 비쳤다. 무럭무럭 크는 아들과 함께 한 모든 순간이 그에겐 보람이고 자유였다. 소설은 마티스가 잘 자란 아들을 배에 태워 떠나 보내며 홀로 우는 장면으로 끝난다. '그는 이제 감옥으로 돌아왔다. 돌아본들 무슨 소용이겠는가!'

오래도록 잊히지 않은 이 소설의 결말을 곱씹으며 나는 우리 삶이 채플린의 관점과 정반대일지도 모른다고 생각했다. 멀리서 보면 비극이지만 들여다볼수록 크고작은 기쁨들로 채워진…. 이 정도면 화장실 액자의 효용가치가 크다며 고개를 끄덕일 무렵 그림과 경구가 쓰윽, 교체되었다. 이번엔 상파울의 글이다.

인생은 한 권의 책과 같다. 어리석은 이는 그것을 마구 넘겨버리지만 현명한 사람은 열심히 읽는다. 단 한 번밖에 읽지 못한다는 것을 알고 있기 때문이다.

이토록 간사하고
얄팍한 마음이라

출판사에서 일하는 사람들에게 10월은 여러모로 분주한 달이다. 책 판매량이 가장 많은 겨울철에 승부 걸 만한 책을 내기 위해서는 이때쯤 원고 매무새 다듬는 작업이 끝나야 한다. 1,000매 넘는 원고가 하나의 주제 아래 꿰어져 다양한 관점과 이야기, 재미와 의미까지 담보하도록 매만지는 작업은 적잖은 집중과 고뇌를 요구한다.

하지만 이 시기에 눈앞의 원고에만 몰입할 수 있는 편집자는 거의 없다. 전 세계 70여 개 국제도서전 중 가장 큰 프랑크푸르트 도서전이 10월 중순에 열리기 때문이다. 100여 개 나라의 출판인과 서점인, 중개상들이 한데 모여 도서 판권을 사고파는 이 축제를 전후해 출판사 편집자에게는 에이전트들이 보내는 라이츠가이드가 쏟아져 들어온다. 해외로 판권을 팔기 위해 전 세계 주요 출판사들이 제작한 신간도서 소개 자료인 셈이다. 매일 수십 개씩 이메일 함을 채우는 이 두툼한 책자들을 일일이 살펴보는 건 사실상 불가능에 가깝다. 그래도 각국 출판계가 이 시기에 맞춰 탐나는 신간을 집중 소개하고 있으니 편집자들은 빠듯한 시간을 쪼개 자료를 검토하고 좋은 책을 선점하기 위해 바짝 긴장한다.

작은 출판사를 운영하는 나는 우리 회사가 선호하는 소재를 많이 다루거나 대중의 관심사를 발 빠르게 수용하는 곳의 자료만 다운받아 따로 묶어둔다. 시간 날 때 한꺼번에 일별하면서 전체 원고를 요청해 내용 검토에 들어갈 책들을 골라내기 위해서다. 그렇다고 해도 한 해 열 권 내외 책을 내는 소규모 출판사에서 이 시기에 소개되는 해외 도서의 판권을 구입해봤자 고작 서너 종에 불과하다. 게다가 경쟁이 치열한 유명작가의 신작은 애당초 넘보지도 못할 처지니 딱히 서두를 까닭도 없다. 솔직히 말하자면, 자료를 살피고 원고 상세검토까지 들어가는 더 큰 이유는 따로 있다. 여러 나라 출판사가 소개하는 신작들을 한꺼번에 살펴보며 내가 인지하지 못했던 어젠다, 새롭게 떠오르는 문화 트렌드를 읽어낼 수 있다는 효용가치가 제법 크기 때문이다.

올 겨울 출간할 두 권의 신간 구성작업을 지난주 화요일에야 끝냈다. 이제 몇 차례의 교정과 표지작업만 마무리하면 될 터. 느긋한 기분으로 폴더를 열었다. 웬걸! 한나절도 지나지 않아 마음이 급해졌다. 독일, 덴마크, 미국…, 서너 개 출판사의 자료를 살피다 보니 지금 우리가 특별히 주목해야 할 테마가 선명하게 드러났다. 마치 약속이라도 한 듯 그들은 '환경'과 '행복'의 문제를 일상적 차원에서 이야기한 신작을 전면에 내세웠다.

부랴부랴 원고를 요청해 검토에 들어갔다. 좌표 잃은 시장자본주의의 현재를 재탐색하면서 지속가능한 라이프스타일을 구축해가는 사람들의 삶이 손에 잡힐 듯 생생하게 소개되고 있었다. 성공과 성취를 지나 삶의 진정한 충만을 고민하는 그들의 촘촘한 시선은 현실에 견고하게 붙박여 있었다. 짧은 분량의 원고 두 개를 검토하는 내내 부러운 한편으로 충일한 행복감을 느꼈다. 이런 책을 내고 싶어 내가 편집자로 산다는, 다소 우스꽝스러운 자부심마저 스멀스멀 몰려왔다.

월요일 아침 출근하자마자 판권 구매 요청서를 제출했다. 한나절 만에 답장이 왔다. '매우 아쉽지만' 두 권 다, 지난 주말 다른 출판사에서 제법 높은 가격으로 판권을 구매했다는 메일이었다. 그 며칠 나를 감싸던 충일한 행복감이 구멍 난 풍선처럼 쭈그러들었다. 바보같이 나 혼자 뒷북 울리고 있었던 거구나. 속상한 마음을 털어내지 못하고 덜컥 몸살까지 걸려버렸다.

그 사이 조판을 마친 교정지가 책상 위에 살포시 놓여 다음 작업을 기다리는데, 감기 바이러스에 일격을 당한 나는 휘청거리고 있다. 꼭 일주일 전 내가 그토록 감탄해 마지않던 행복의 길은 어디로 숨어버린 걸까. 다만 절감하는 건 지금의 내 상황이 행복의 디테일과 아득하게 멀다는 냉랭한 인식뿐이다.

되돌리기 힘든
어떤 실수들

꿈을 꾸었다. 지금보다 30년쯤 더 늙은 내가 누런 물이 흐르는 물가에 앉아 있었다. 고향마을 내 안川內을 휘감아 도는 천수천변이었다. 시간이 참 부지런히 질주했다고 나는 생각했다. 한데 이 물빛은 왜 제 색깔을 되찾지 못하는 걸까. 30년에 또 30년쯤을 더하면, 상처 입었던 냇물이 스스로를 치유하겠지. 나는 그렇게 믿었던 것 같다. 자연의 힘에 대한 낙관이었다. 누런 물빛을 바라보는 내 입에서 신음 같은 말이 새어나왔다. '두 번 다시 깨끗한 냇물에 발 담그고 물장구칠 일은 없겠구나.' 꺼끌꺼끌한 손등을 비비며 혼자 중얼거리는데 슬픔이 목구멍까지 차올라서 숨이 쉬어지지 않았다. 눈물을 참으려고 어금니를 앙다물다가 잠에서 깨어났다.

깜깜한 밤이었다. 일어나 앉으며 본능적으로 한쪽 손등을 쓰다듬었다. 꿈에서와 달리 내 손등은 매끈했다. 그 순간 꿈결에 안간힘을 쓰며 참았던 눈물이 손등으로 떨어졌다. 밑도 끝도 없는 절망감에 휩싸인 나는 불도 켜지 않은 채 침대에 앉아 울었다. 꿈속에서 어금니를 얼마나 세게 물었던지, 한 손으로 눈물을 훔치면서도 다른 손으로는 얼얼한 왼쪽 턱을 감싸 쥐었다.

아무래도 그 낮에 만난 친구와 주고받은 대화가 이런 꿈을 유도한 듯했다. 추석 때 해외출장 일정이 잡힌 그는 지난 주말 선산에 다녀왔다고 했다. 마지막 성묘가 될 거라고. 선산 일대가 산업단지로 편입되는 바람에 묘 이장 문제를 두고 가족들 간에 오간 실랑이를 들려주던 그가 말했다. "그런데 참 묘하더라. 50년 넘도록 무심하게 봐온 그 산이 통째로 사라진다고 생각하니, 감당하기 힘든 감정의 동요가 오는 거야. 한참을 서성이다 왔어. 혹시 비슷한 감정에 빠진 적 있어?"

글쎄. 나는 고향집을 찾을 때면 애써 외면했던 마을 앞 냇물을 생각했다. 벌써 30여 년째 누런 물이 흐르는 위험지역. 처음부터 그런 건 아니었다. 어린 날, 동네 사람 모두가 몸을 담그고 놀던 냇물.

여름이면 멱 감고 송사리 잡고 또래들끼리 모여 천렵을 했다. 밤에 친구들과 나란히 누워 별자리를 찾던 모래밭의 사각거림은 얼마나 좋았던가. 초등학생이 되면 수댓바위에 올라가 몸을 날려 다이빙하는 법을 동네 오빠들이 가르쳤다. 그 바위에 올라서서 느끼던 두려움과 설렘이 아직도 생생하다.

고등학교 2학년이었을 거다. 어느 주말에 고향마을로 들어서는데 마을 앞 냇물이 흉측하게 변해 있었다. 양쪽으로 넓게 펼쳐졌던 모래사장은 흔적도 없이 사라졌다. 마구 채취해낸 모래 대신 흙무더기를 부려놓은 냇가는 진창이었다. 물에서 역한 냄새가 났다. 누가 이런 짓을 한 걸까? 모래를 퍼간 후 바닥에 부려놓은 흙이 문제라는 말이 있는가 하면, 상류 어디쯤에 젖소농장과 음식물 쓰레기 처리공장이 들어서서 밤마다 오염수를 방류한다는 소리가 들려왔다.

그저 외면하고 싶었다. 어차피 나는 마을을 빠져 나온 뒤였고, 어디를 가나 엇비슷한 풍경이 연출되던 시기였

다. 그게 두고두고 내 마음을 들쑤시게 될 거라고는 상
상조차 못 했다.

꿈의 잔상이 강하게 남았던 걸까. 온 종일 일이 손에
잡히지 않았다. 퇴근 후 두 살 아래 동생에게 전화를 해
서 속내를 털어놓았다. 한참을 듣던 동생이 입을 열었다.
"실은 나도 그 물을 보는 게 많이 힘들어. 무지와 탐욕이
초래한 결과를 통렬하게 증명하는 것 같아서. 그렇다고
지금 우리 세대에게 소중한 걸 제대로 알아보고 지켜낼
분별력이 있는지 의문도 들고."

꿈이 알려주었듯이, 고향 냇물이 제 모습으로 돌아가
는 걸 나는 못 볼 가능성이 높다. 그래도 동생과 이야기
를 하고 나니 지난 밤 혼자 감당했던 절망감은 많이 누
그러졌다. 다만 너무 늦지 않게 단속해야 할 많은 것들
을 떠올리자 다시 울적해졌다. 이래저래 갈피를 못 잡고
생각만 분주한 밤이었다.

슬픈 돼지

스러지는 생명의 눈빛과 정면으로 마주쳐 본 사람은 본능적으로 깨닫는다. 절망에 잠식된 저 눈동자를 두고두고 잊지 못하게 되리라는 것을.

그 눈빛을 여섯 살에 처음 보았다. 어느 봄, 동네 아저씨 여러 명이 아랫집 홍씨 할아버지네 마당 가장자리에 가로로 길쭉하게 땅을 팠다. 내 키 정도 깊이로 구덩이를 만든 어른들이 새끼 산양 한 마리를 끌고 왔다. 어린 우리가 틈만 나면 쓰다듬고 풀을 먹이던 아이였다.

어떻게 알았던 걸까? 저쪽 우리에 갇힌 어미가 날카로운 소리로 울부짖기 시작했다. 목줄에 매달려 끌려오는 새끼 역시 무언가를 감지했던 것 같다. 가늘게 울어대며 어미 쪽으로 방향을 돌리려 발버둥쳤지만, 젊은 어른의 힘을 이겨내지 못했다. 아저씨 세 명이 마당 한쪽에서 펄펄 끓고 있는 가마솥의 물을 양동이에 퍼 담았다. 새끼 양이 구덩이로 떨어지기 무섭게 양동이의 끓는 물이 아래로 쏟아졌다.

그 순간이었다. 구덩이에 갇혀 죽어가는 산양의 새카만 눈동자와 마주쳤다. 고통과 체념과 슬픔으로 가득한 그 눈빛에 질려버린 나는 눈을 감지도, 외면하지도 못한 채 못박힌 듯 서 있었다. 그 저녁 밥상에 양고기가 올라왔다. 살아 있던 새끼 양의 여린 털을 만질 때, 그에게서 풍기던 달달한 젖내와 풀냄새를 아주 좋아했다. 밥상 위 양고기의 누릿한 냄새를 맡은 나는 두엄가로 달려가 쓴 물이 넘어올 때까지 토했다.

그날 이후 우리 집에서 함께 사는 소와 닭과 산양과 돼지의 고기를 먹지 못하게 됐다. 쏟아지는 핀잔을 감당하기 힘들어 애써 한 조각을 입 안에 넣었다가도 죽어가던 산양의 슬픈 눈빛과 들척지근한 고기 냄새가 떠올라 뱉어내곤 했다. 아주 예민하던 때는 계란이나 우유 냄새조차 힘들었다. 하지만 계란과 우유는 고기와 다르다고,

그마저 안 먹으면 몸과 머리의 성장에 심각한 타격이 온다고 설득하는 아버지가 안쓰러웠다. 무엇보다 도끼눈을 뜨고 내 유난스러움을 질책하는 엄마 손에 내가 맞아죽을 것 같아서, 계란과 산양 젖은 먹기로 노력했다. 그렇게 나는 뭐가 뭔지 모르는 여섯 살부터 페스코 베지테리언의 길로 접어들었다.

그리고 초등학교 5학년이 되었다. 실과 시간에 네 가지 돼지 품종에 대해 배웠다. 버크셔, 요크셔, 햄프셔, 두룩저어지. 선생님은 우리가 뚱뚱한 친구를 "야, 이 누룩돼지 새끼야."라고 부르는 게, 바로 두룩저어지라는 품종에서 유래했다는 고급 정보를 알려주셨다. 아이들이 살집 투실한 친구를 돌아보며 낄낄거릴 때 선생님의 설명이 이어졌다. 이동 수단으로 쓰이는 말, 농사에 사용하는 소, 계란을 낳는 닭, 우유를 짜는 젖소와 다르게 돼지는 순전히 고기로 잡아먹기 위해 키우는 동물이라고. 따라서 더 빨리, 더 크게 자라는 품종을 개발하기 위해 육종학자들은 지금도 연구 중이며, 돼지가 콜레라 등 여러병에 취약한 이유도 거기에 있을 거라고 선생님은 이야기했다.

'순전히 잡아먹히기 위해' 이 세상에 태어나고, 자라고, 새끼를 낳는다고? 다시 한 번 뒤통수를 세게 가격당한 기분이었다.

그러고 보면 현대인의 육식 문화는, 어린아이라도 단번에 눈치 챌 수 있는 인간의 폭력성과 죄의식을 교묘히 왜곡하고 감추기 위한 발버둥에 다름 아니었다. 튀김옷을 입혀 바삭 굽고, 맛깔난 소스와 야채로 장식하고, 잘게 다져 형체를 알 수 없는 패티로 탄생시킨 고기음식 앞에서 접시 위의 이 음식이 어디서 왔는지를 묻는 건 산통 깨는 일이다.

아무리 그래도, 연민과 직관을 가진 이라면 한 번은 질문해야 한다. 툭하면 발병하는 돼지 전염병으로 인해 수천 마리 돼지가 한꺼번에 '살처분'되곤 하는 우리의 현실을 그저 돼지농가만의 불운으로 치부해도 되는 것인지. 단 한 번이라도 좋으니, 영문도 모른 채 죽어가는 돼지의 슬픈 눈빛을 정면으로 바라봐 주기를 간절히 바란다.

이래저래 심란

모든 게 그렇듯 책에도 유행이 있다. 판타지나 자기계발, 역사물처럼 특정 분야 책이 대중의 요구를 견인하며 베스트셀러로 오르는 게 대표적이다. 여기에 일반인은 잘 알아채지 못하는 트렌드 요인이 있으니 책의 외형이다. 몇 년 전부터 서점가에서 단연 눈길을 끄는 판형이 문고판 페이퍼백이다. 손 안에 쏙 들어오는 사이즈에 짧은 분량, 1만 원 내외 가격을 매긴 책을 출판사들이 잇따라 출시하고 있다. 중장년층에게는 삼중당문고의 추억을, 20~30대에게는 경쾌한 호흡을 어필하며 새롭게 부활하는 모양새다.

흔히 펭귄 북스 창업자 앨런 레인이 페이퍼백 형태 문

고본을 처음 선보인 사람이라 알고 있지만 사실과 다르다. 고급 양장본이 주류이던 유럽에서 페이퍼백 책의 역사는 16세기 베네치아 출판인 알두스 마누티우스까지 거슬러 올라간다고 한다. 이후 페이퍼백 문고본은 숱하게 시도됐지만 '싸면서도 좋은' 것을 찾는 소비자의 요구에 미치지 못해 번번이 좌절했다. 그 빈자리를 뚝심 있게 파고들어 출판 대중화라는 혁명을 이끌어낸 주인공이 바로 앨런 레인이다.

앨런 레인의 본래 성은 윌리엄스였다. 삼촌 존 레인이 운영하는 출판사 보들리 헤드의 후계자가 되기 위해 성까지 갈았다고 하니, 어지간히 출판사가 탐났던가 보다. 1925년 삼촌이 죽은 후 초짜 사장으로 취임한 레인은 뭔가 새로운 걸로 능력을 증명해야 했다.

어느 날 추리작가 애거서 크리스티에게 원고를 청탁하기 위해 기차여행을 하고 돌아오던 레인이, 역 도서가판대 앞에 선 두 젊은이의 대화를 엿들었다고 한다. 책을 읽고 싶은데 막상 찾아보면 값싼 책은 죄다 쓰레기 같은 내용에다 엉성하게 만들어졌다는 원성이었다.

이거다! 싶었던 레인은 당장 싸고, 재미있고, 모양새까지 예쁜 새 시리즈 개발에 착수했다. 하지만 보들리 헤드 경영진은 기존 양장본의 10퍼센트에도 못 미치는 6페니짜리 책을 만들어내겠다는 위험천만한 신사업에 자금을 대지 않기로 했다. 주변 출판업자들도 비웃었다. 무엇보다 레프트북클럽을 이끌며 블루칼라 독서운동에 앞장서던 동료 출판인 빅터 골란츠의 비협조는 레인을 뼈아프게 했다. 골란츠의 속내야 알 길 없지만, 펭귄의 저가 도서가 시장을 교란한다는 이유로 그는 훗날까지 앨런 레인의 업적을 평가절하 했다고 알려진다.

레인은 형제에게 돈을 빌리고 작가들을 설득해 시리즈 열 권을 만들어냈으나 이번에는 도서판매상들이 들고 일어났다. 이윤이 적은 펭귄 시리즈를 팔지 않기로 담합한 것이다.

사면초가에 몰린 레인이 마지막으로 찾아간 곳이 '울워스' 본사였다. 값싼 생활용품을 파는 슈퍼마켓 체인 울워스의 구매책임자 클리포드 프레스콧은 레인이 내민 낯선 책을 보고 단칼에 거절했다. 한데 마침 남편과 점심을 먹기 위해 사무실로 들어오다 이 광경을 목격한 프레스콧의 아내가 시험 삼아 책을 진열해보라며 비즈니스 감각을 발휘했다. 달리 전하기로는, 프레스콧의 아내가 앨런 레인의 진중하고 귀티 나는 외모에 반해 도움을 줬을 뿐이라는 쑥덕거림도 만만치 않았단다.

어쨌거나 그 덕에 펭귄 시리즈는 극적으로 살아났고 첫 4개월 만에 무려 100만 부가 팔려나갔다. 이후 유사품들이 쏟아져 나왔다. '6페니 투칸' '6페니 크라임클럽'…. 독자들은 획기적으로 변한 출판환경에 열렬히 반응했으며 이 흐름은 의무교육 확산과 맞물려 전 세계로 번졌다. 바야흐로 우리가 아는 대중출판의 시대가 만개한 것이다.

영국 작가 마거릿 윌리스가 '불꽃놀이라도 하듯' 시대의 흐름을 완벽하게 포착해 자기 것으로 만들었다고 표현한 레인의 이야기를 다시 읽으며 생각이 많아진다. 무섭게 몰아치는 변화의 파고를 나는 제대로 넘고 있는 걸까. 혹시 말만 무성할 뿐 오래된 관습에 묶여 허방만 디디던 그때의 대다수가 바로 내 모습은 아닐까. 그 인식이 자꾸 나를 조바심 나게 한다.

1926년생,
서울사람 김주호

　　"제가 늘 할아버지의 이름을 불렀거든요,
친구처럼. 사람들이 처음에 다들 놀랐는데 나이가 드시
면서 할아버지는, 엄마한테는 아버님이고 아빠한테는 아
버지이고 친구 분들은 일찍 돌아가셨고…. 그러니까 할
아버지를 이름으로 불러주는 분들이 거의 없었을 텐데,
제가 그렇게 부르니까 좋아하시더라고요."

　　손녀는 몇 년 전에 돌아가신 조부를 이렇게 회상했다.
그렇게 생의 마지막까지, 세상 그 누구보다 예뻤을 손녀
에게 온전한 자신의 이름 석 자로 불렸던 사람. 김주호
씨는 서울사람이다. 1926년 지금의 송파구 방이동에서 5
남 3녀 중 장남으로 태어나 2015년 12월 18일에 작고했
다. 향년 89세.

나는 살아생전의 그를 만난 적이 없다. 혈연으로든 지연으로든 혹은 업무로든, 그이와 엮일 일조차 없었던 걸로 기억한다. 그런 김주호 씨의 생애와 우연히 맞닥뜨린 건 얼마 전이었다.

서울 도심에는 호젓하게 계절의 변화를 누릴 수 있는 공간이 의외로 많이 숨어 있다. 새문안로 서울역사박물관을 관통해서 잘 가꿔진 경희궁 뜰 사이를 걸어 뒤편 울울한 나무숲으로 가는 길도 그 중 하나다. 평일 오후 지인과 점심식사를 하고 사무실로 들어가기 전, 혼자 한 시간쯤 그 길을 걷기로 했다. 가을이 깊어서이기도 했고 유난히 서늘한 기분에 빠져서이기도 했다.

역사박물관 로비로 들어서는데 전에 없던 설치물이 보였다. 15제곱미터 남짓한 간이전시실이 들어서 있었다. 2019년에 개관하는 시민생활사박물관이 서울에 사는 사람들의 일상적인 삶을 이야기로 담는다는 취지로 마련한 전시였다. '1926년생, 서울사람 김주호' 전은 그 첫 번째라고 했다.

김주호 씨의 학창시절을 보여주는 통신표와 상장, 학교를 졸업하고 은행원과 교사로 일한 그가 오랫동안 손에 간직했을 자잘한 물건들과 누렇게 변색된 월급봉투가 눈에 들어왔다. 벽면 위쪽 가로줄에 당대의 생활사 연표와 김주호 씨의 생애가 나란히 소개되었다. 그러니까 김주호 씨는 소설가 박경리와 코미디언 배삼룡 구봉서, 정치인 김종필과 같은 해에 태어난 사람이었다. 소학교를 들어갈 무렵에는 일제의 제2차 조선교육령이 본격화된 시기여서 국어 시간에 일본어를, 국사와 지리 역시 조선이 아닌 일본의 것을 배워야 했다.

1944년 그가 경성고등상업학교(1946년 서울대 상과대학으로 변경)에 입학하던 해에는 서울인구조사가 있었다. 당시 서울에 사는 사람은 947,630명, 현재의 10분의 1에 조금 못 미치는 수준이었다. 첫 직장인 은행에서 받은 월급봉투도 보였다. 초봉 3,940원. 그때 물가로 환산해보니 쌀 40킬로그램, 혹은 소주 아홉 되를 받을 수 있는 돈이었다.

그러던 그가 일반 직장인 월급의 절반 수준인 학교 교사로 전직한 이유는 구체적으로 설명되지 않지만 전쟁이 끝난 후인 1954년 교사자격증을 취득했고, 곧바로 중학교 선생님으로 교단에 섰다. 나이 서른 살에 접어들던 해에는 부모의 중매로 만난 이수범이라는 여성과 결혼했다. 1955년 11월 9일 화신백화점 뒤편 종로예식장에서 올린 결혼식 사진에서 신부는 흰색 한복에 면사포를 쓴 차림으로 해사하게 웃고 있었다. 신혼여행지는 유성온천에 있는 만년장 온천호텔이었다고 한다.

짧게 요약해 전시한 김주호 씨의 생애를 살펴보는데 가슴이 저릿저릿했다. 전혀 모르던 누군가의 한 생애가 육화해 손에 잡힐 듯 생생하게 다가오는 경험. 지나온 우리의 시간이 새로운 풍경으로 입체성을 획득하는 현장이었다. 사람 없는 간이전시실에 한동안 서 있었다.

고백하자면, 잊힌다는 것과 기억한다는 것의 경계에 대해 심각하게 회의하며 이 가을을 견디고 있었다. 삶의 무망함을 확인하며 마음 다스리기 적절한 공간으로 숨어들었는데, 바로 그 공간에서 뜻하지 않은 위로를 받은 기분이었다. 많이 고마웠다.

엿 같은 기분

하필 사람이 많이 몰리는 퇴근시간 무렵, 두 개의 노선이 만나는 지하철 환승역이었다. 귀에 이어폰을 꽂은 채 한 손에 우유를 다른 손에 스마트폰을 들고 통화하던, 대기 줄 맨 앞의 젊은 여성은 목소리만으로 심상찮은 포스를 과시하는 중이었다. 열차 도착 알림방송이 나오고 곧이어 차가 멈춰 섰다.

사람들로 만원인 열차 안보다는 바깥쪽이 통화하기 낫다고 생각했을까? 문이 열린 뒤에도 떡 버티고 선 채 통화를 이어가는 여성으로 인해 한순간 대기 줄에 정체가 생겼다. 상황을 감지한 나와 몇몇 사람이 옆문으로 이동해 열차에 오르고, 그 젊은이 바로 뒤에 선 채 우물

쭈물하던 노인이 우리 쪽으로 방향을 틀었다. 다리를 절며 서너 걸음 옮기던 노인이 젊은이를 향해 신경질적인 한 마디를 했다. "이 아가씨야, 그렇게 문을 막고 섰으면 어떡해. 세상 눈치 좀 보며 살란 말이야."

사달이 일어났다. 여성이 문 닫히기 직전 번개같이 열차에 오르더니 사람들을 헤치고 노인이 앉은 자리로 왔다. "그 말, 다시 해봐요. 좀 전에 나한테 뭐라고 했어요?" 노인은 이 무슨 횡액인가 싶은 눈빛으로 상대를 바라다보기만 했다. "나이 먹었으면 나잇값이나 똑바로 하든지, 지금이 어느 시댄데 이래라 저래라 반말로 훈계질이에요?" 거침이 없었다. 고요한 열차 안에서, 우리 사회의 여성 차별과 윗세대의 허다한 언어폭력까지 함께 묶어 자신의 억울함을 강조하는 젊은이의 항변은 흡사 웅변대회 연단에 선 연사의 클라이맥스처럼 크고 또렷하게 울렸다. 30초가량 자신의 소견을 쏟아낸 그는, 노인에게 반말과 무례에 대한 사과를 요구했다.

구부정하게 앉아 있던 노인이 입을 열었다. "그래요. 반말로 화를 낸 내 무례를 사과하리다. 하지만 이렇게 나이 먹고 불편한 몸으로 대중교통을 이용하다 보면…."

개인적인 처지에 대한 이해를 구하며 젊은이에게 당부의 한 마디를 전할 요량이던 노인의 의도는 거기서 또 한 번 좌절됐다.

"됐고요, 앞으로 말조심하세요. 나이 먹은 사람들이 그렇게 반말로 찍찍 훈계질 해대면, 듣는 사람 기분이 얼마나 엿 같은지 알기나 해요?" 여성은 이만하면 '엿 같은 기분'을 충분히 어필했다고 판단했는지, 손에 들고 있던 우유를 쭉쭉 빨며 왔던 쪽으로 사라졌다.

그 기세에 눌린 탓일 수도, 순간적으로 발생한 일의 경위를 제대로 파악하지 못한 까닭일 수도, 그도 아니면 나와 같은 방관자의 태도일 수도 있었다. 차 안에 있던 사람들의 눈길이 이 광경에 쏠렸지만, 누구 하나 상황을 중재하거나 말리지 않았다. 다만 여성이 사라지고 난 뒤 옆자리에 앉았던 낯선 중년 여성이 가방 안의 물병을 쥐어주며 노인의 등을 두어 번 쓸었을 뿐.

나는 다음 역에서 내렸다. 친구를 만나 밥을 먹으면서도 마음이 안 좋았다. 귀에 쟁쟁하게 울리는 여성의 목소리와 무릎 위에서 파르르 떨리던 노인의 쇠잔한 손등이

자꾸만 떠올랐다. 관찰자로서 상황을 지켜보기만 한 나의 비겁함 때문에 이토록 불편한 걸까. 설령 개입을 했다면 나는 어느 시점에, 어떤 말과 태도로 끼어들어야 했던 걸까? 자리를 옮겨 커피를 마시며 친구에게 지하철 목격담을 들려주었다. 개운하지 않은 내 마음도 더불어 털어놓았다.

한숨을 내뿜던 친구가 입을 열었다. "착종이지. 사유의 착종, 감정의 착종. 모든 게 뒤섞인 채 각자 유리한 것들만 끌어들여 목소리를 높이다 보니 세상이 점점 이상하고 소란스럽게 변하는 거야." 아마도 지금 내가 편치 않은 건, 이런 현실을 선뜻 인정하기 싫어서일 거라고 친구는 말했다.

깊어가는 가을 밤을 낭만적으로 즐기자며 만난 건데, 가라앉은 마음은 좀체 돌아오지 않았다. 딱 엿 같은 기분. 그렇게 우리는 쓴 커피만 마셨다.

SEASON 4

식당에서 일어나기 직전, 그이가 읊조리듯 말했다.
"고달팠던 인생이에요. 책으로라도 내 얘기를 남기면
의미가 있을 거라고 다독이며 살았는데, 이제 무슨 낙으로
견딜까요." 주저앉아 울고 싶을 만큼 마음이 아팠지만
풋내기 편집자인 나는 어떤 도움도 주지 못했다.

이삿짐을 싸면서

이사를 했다. 갑자기 결정된 일이었다. 새 공간을 알아보고 이사까지 하는 데 주어진 시간은 일주일 남짓이었다. 얼마나 분주했던지, 6년 넘게 그 동네에 머무는 동안 많이 사랑했던 선유도 공원을 산책할 겨를조차 없었다. 그곳의 가을 풍경이 아주 근사한데 말이지. 인터넷을 뒤지고 발품을 팔아 이틀 만에 내가 원하는 동네에 자리 잡은 맞춤한 곳을 정해 계약을 마쳤다.

다만 기존 사무실의 35퍼센트에 불과한 공간으로 이동해야 한다는 난제가 가로막고 있었다. 멘탈 어디쯤에 있는지조차 모를 투지를 끌어모아야 할 차례였다.

이사 준비를 하면서 제일 먼저 한 일은 마스크를 쓰고

창고에 묵혀두었던 4톤 분량의 책들을 꺼내는 작업이었다. 그들 중 여전히 상품 가치를 지닌 애들을 골라 물류대행사로 입고했다. 애석하게도 그런 책들은 얼마 되지 않았다. 저작권 계약이 만료돼 판매할 수 없거나 물류센터로 보내도 재고가 많아 현실적으로 보관료만 축낼 게 빤한 책들. 거의 다 내 손을 거쳐 세상에 나왔고, 스스로 명작이라 자부했건만 끝내 시장으로부터 외면당한 거대한 책 무더기가 눈앞에 쌓였다. 저들이 먼저 작별을 통지하듯 누렇게 변색된 책들도 보였다. 친환경 재생지로 만든 미스터리 스릴러 군단이었다.

폐기할 책에 드릴로 구멍을 내고 빨간색 래커를 뿌렸다. 애써 만든 책을 필요한 곳에 기증할 일이지 왜 그리 처참하게 작살냈느냐고 지청구할 분들이 계실지 모르겠다. 나도 수천 권을 여러 단체와 도서관에 기증했었다. 어느 해인가, 물류회사 반품창고에 쌓인 책들의 실상을 확인하러 갔던 나는 그 자리에 주저앉았다. 따로 도장까지 만들어 마음을 전했던 증정본 중 적잖은 양이 내가 알지 못하는 어떤 경로를 거쳐 그곳으로 들어와 있었다. 그로 인해 감내한 경제적 손실도 만만찮았지만 선의를 배반당했다는 설움은 오랫동안 사람을 아프게 했다.

사흘에 걸쳐서 고물상 리어카를 빌려 폐지를 실어날랐다. 3톤 넘는 분량이었다. 자학에 가까운 중노동으로 온몸의 관절이 아팠지만, 그런 육체노동을 통해서라도 책 만드는 자세를 대차게 고쳐 잡고 싶은 마음이 절실했다. 직접 체험한 결과를 두고 말하자면 그나마 이 나이였으니 망정이지, 나와 동료가 몇 살만 더 늙었더라도 육체적·심리적 타격을 감당하지 못했을 것이다.

사흘째야 알았다. 하루 서너 번씩 리어카 가득 무거운 책 덩이를 실어나르는 우리는 어느새 폐지 줍는 동네 노인들의 워너비스타가 되어 있었다. 당연했다. 할머니들은 작은 캐리어를, 할아버지들은 리어카를 끌고 박스며 전단지를 모아 매일 한두 차례 팔고 있었다. 한 번 고물상에 갈 때 손에 쥐는 돈이 할머니들은 3,000원, 할아버지들은 1만 원 내외라고 했다. 그런데 책 무더기를 넘칠 듯 실은 리어카가 불쑥 나타나 한 번에 3~4만 원씩 수금하는 상황이 빚어졌다.

그이들이 다가와 은근하게 물었다. "어디에 가면 이런 거 구할 수 있어요?" 진작 안면을 텄으면 참 좋았을 텐데. 안타깝게도 사무실에 남은 폐지는 책 10여 덩이와 5년 넘은 서류 박스들, 그리고 오랜 시간 차곡차곡 쌓아뒀으나 더 이상 보관하는 게 무망하다고 판단한 편지며 메모, 다이어리 같은 개인물품이었다.

고물상에서 만난 세 분에게 두 시간 후 우리 회사 건물 주차장 입구로 오시라고 했다. 걱정과 달리 그이들의 리어카와 캐리어를 채우고도 남는 물량이었다. 흥감한 표정의 노인이 전진하는 순간, 리어카에서 종이쪽지 하나가 나풀나풀 날렸다. 달려가 그것을 주웠다. 이름조차 가물가물한 사람으로부터 20년도 더 전에 받은 편지의 일부였다.

당신을 만나고 돌아오면서 어쩌면 운명이란 게 있을지도 모른다는⋯.

잘려나간 종이를 쓰레기장에 던져넣지 못하고 주머니에 조용히 구겨넣는 이 심사는 또 뭐란 말인가.

머리칼이야
곧 자라겠지

두 달에 한 번꼴로 미용실에 간다. 2년 넘게 같은 미용실을 다니다 보니 전담 선생님도 생겼다. 내 머리를 맡아주는 선생님은 솜씨 좋고 민첩하고 목소리가 아주 예쁘다. 다른 이용객에게도 그러는지 모르지만 머리를 자르고 매만지는 동안 그녀는 쉴 새 없이 이야기를 한다. 사각사각 가위질 사이로 그녀의 목소리가 섞여든다. 옆자리 손님에게는 거의 들리지 않을 만큼 작은 목소리. 머리 자르러 갈 때마다 단막극처럼 이어지던 목소리가 차곡차곡 쌓여 나는 그녀의 개인사까지 제법 많이 꿰뚫게 되었다.

이제 나는 그녀의 나이가 스물여덟 살이라는 걸 안다. 대학 때 만난 남자친구가 강원도 출신이라는 사실도, 연애 중 몇 차례 헤어졌다가 만나기를 반복한 사연도 안다. 내년 8월로 결혼 날을 잡은 이 커플은 지난 봄 상견례 장소를 정하면서도 몇 번이나 투닥거렸다. 누가 효자 효녀 아니랄까 봐, 대구 아가씨와 강원도 청년이 서로 자기 고향을 상견례 장소로 고집했던 까닭이다. 둘 다 고집을 꺾지 않아 절충안으로 합의한 지역이 대전이라는 얘기를 들으며 나는 키득거렸다.

연애사와 일이 단골 소재이던 그녀의 레퍼토리가 바뀐 건 지난 7월이었다. 샴푸를 하고 머리 자르기 위해 자리에 앉자마자 나에게 며칠 쉬러 갈 만한 해외여행지에 대해 조언을 구했다. 회사에서 일정기간 재직한 사원들을 대상으로 포상 여행을 보내주는데 올해 그녀의 차례가 온 것이다. 들어보니 여행지 및 여행 기간에 대한 최종결정은 회사가 하는 눈치였는데 그녀의 궁리는 조금 다른 데로 나아갔다. 이번 여행에 주니어, 그러니까 헤어디자이너인 자신을 보조하며 2년째 수련과정을 밟는 스물네 살의 수습생을 데려가고 싶어 했다. 충동적인 아이디어는 아니었다. 아주 낮게 속삭이기를, 주니어 동반에 필요한 비용은 몇 달 전부터 따로 모아놨다고 했다. 다만 이런 계획이 사내에서 원치 않는 부작용을 낳지는 않을까, 그녀는 그 점을 걱정했다. 아직 주니어에게도 말하지 않은 꿍꿍이에 적잖이 감동했으나 섣불리 내 감정을 드러낼 수는 없었다. 나는 원장님과 먼저 상의하는 게 좋겠다고 간단하게 조언했다. 9월 말 머리 자르러 갔을 때, 그녀는 경쾌한 가위질 사이로 원장님의 승인이 떨어졌으며, 11월 하순으로 잡힌 5일 간의 여행지는 태국이라는 소식을 전했다.

며칠 전 커트를 위해 찾은 미용실에서 두 여성을 다시 만났다. 열대과일의 과즙미 뚝뚝 떨어지는 표정으로 나를 맞은 주니어는 샴푸하고 머리 말리는 10여 분 동안 이번 여행의 환상적인 면모를 어떻게든 전달하고 싶어 콧소리 섞인 감탄사를 연발했다. 멋진 선배 만난 덕에 난생처음 떠난 해외여행이었으니 왜 안 그럴까.

그리고 이제 헤어디자이너 선생님의 여행담을 들을 차례였다. 흐뭇한 눈길로 주니어를 바라보던 그녀가 속삭였다. "저 지금 저 친구 덕 제대로 보고 있어요." 이야기인 즉, 여행 이후 몰라보게 밝아진 그 친구를 보고 놀란 원장님이 뒤늦게 주니어 동반에 들어간 비용 전액을 부담했다는 것이다. 경영자인 자신이 진작 알았어야 할 것을 이제라도 깨우치게 해줘 고맙다는 덕담까지 하면서 말이다. 이번 일로 사내 포상제도 폭을 넓힐 예정이라는 전언이 더해졌다.

감동적인 스토리에 코끝이 찡해진 내가 그만 재채기를 했고, 그 순간 그녀의 가위가 내 앞머리 한쪽을 싹둑 잘랐다. 전문가의 섬세한 터치로 부랴부랴 보수공사를 했지만 이미 엎질러진 물이었다. 집으로 돌아와 거울을 보니 이마의 3분의 1 지점으로 앞머리가 치켜 올라간 나의 헤어스타일은, 범죄영화의 악역으로 등장하는 어느 남자 배우와 꼭 닮은 모양새이다.

올해가 다 가기 전까지는 이 꼴을 감수해야 할 머리를 매만지며 혼자 구시렁댄다. "흠, 세상 공짜 하나도 없다더니, 감동의 값어치 한 번 제대로 치르게 생겼군."

내 친구,
로맨티스트!

　　　　　낭만은 대개 상상의 영역에 머문다. 어린 날의 내가, 기숙학교 다락방에 앉아 희미한 달빛을 받으며 눈물짓던 《소공녀》 속 세라를 동경한 것처럼. 이 나이를 먹고도 저 멀리 남프랑스 어느 마을에 사는 포도농장 안주인을 부러워하는 것처럼. 말인 즉, 건초더미에 몸을 누인 채 굳어버린 빵을 꾸역꾸역 입으로 밀어넣은 날들 이후에도, 흙먼지 풀풀 날리는 포도밭에서 허리가 부러질 것 같은 고통을 참으며 포도를 수확하고 나서도 그 삶의 미덕을 찬양할 수 있는 사람이라야 진정한 로맨티스트라고 나는 생각한다.

　　진짜 촌구석 출신인 내 어린 시절 이야기를 들을 때마다 눈을 가늘게 뜨고 신음 같은 감탄사를 흘리는 친구가 있다. 머리끝에서 발끝까지 서울의 부유한 집에서 자란 티가 좔좔 흐르는 그는 종종 나를 황순원의 《소나기》에서 튀어나온 인물쯤으로 착각하는 듯하다. 그런 그가 특히 부러워하는 게 있었으니, 이맘때 우리 집 연례행사로 치러지는 김장 담그기였다. "아흑! 부러워. 일가친척 다 모여서 수백 포기씩 김장을 담그는 거, 내가 진짜루 해보고 싶었던 일이거등. 말하자면 내 인생의 버킷리스트랄까."

친구의 버킷리스트라는데 까짓 거, 내가 도와주지 뭐. 작년 김장 날을 받아놓고 '체험, 삶의 현장'을 제안했을 때, 친구는 방방 뛰며 나에게 고마움을 표했다.

마음 같아서는 기왕 체험하는 일이니 한 달 전부터 시작되는 마늘 까기나, 생강과 쪽파 캐서 다듬는 작업부터 투입하고 싶었다. 그러자니 동행하는 내 시간이 너무 많이 깨지므로 타협점을 찾아야 했다. 현실적으로 가능한 나와 친구의 시간 및 체력을 감안해서 사람들이 흔히 말하는 김장 전날, 소금에 절인 배추를 씻는 단계부터 나서기로 했다.

어둠이 가시지 않은 새벽에 서울을 출발했다. 8시 갓

넘은 시간인데도 그곳에서는 배추 씻는 작업이 한창 진행되고 있었다. 400포기 넘는 배추 군단의 실물을 영접한 친구의 눈이 휘둥그레졌다. 백문불여일견百聞不如一見이란 말은 그냥 나온 게 아니다. 위아래 방수복으로 갈아입은 우리 둘도 곧장 작업현장에 뛰어들었다. 난생 처음 하는 일임에도 친구는 야무지게 임했다. 한 시간이 지나고 오전이 다 가도록 그는 직경 8센티미터 파이프에서 콸콸 쏟아지는 지하수 앞에 앉아 배추를 씻고 나르는 일을 묵묵히 해냈다. 육체노동에 단련되지 않은 손목이 뻐근하련만 몸에 밴 교양미 덕인지 세척작업이 마무리될 때까지 힘들다는 말조차 입에 올리지 않았다.

머슴밥처럼 푸짐한 점심밥을 먹고 난 뒤, 김장 소를 만들 차례였다. 며칠에 걸쳐 미리 다듬고 씻어놓은 갓과 파, 양파, 무, 사과, 배 등등을 채 썰고 갈아내는 일. 철들고 난 후 거의 매해 김장 만들기에 동원됐던 나에게도 여전히 녹록치 않은 단계가 바로 이 과정이었다. 몇 시간 동안 한 자리에 앉아 신경 곤두세운 채 똑같은 칼질을 반복하는 건 생각보다 고역스럽다.

그렇게 각자 맡은 재료 썰기에 몰두한 지 두어 시간 지났을 즈음, 양파 썰던 눈을 치켜뜨고 친구를 바라보던 나는 깜짝 놀랐다. 무쇠 칼을 손에 쥔 그의 눈꺼풀이 속절없이 내려앉고 있었다. 애원하다시피 친구를 설득해 뜨끈하게 데워둔 돌침대에 눕게 했다. 저녁 먹는 시간 빼고 거의 열두 시간을 내쳐 잔 그는 이튿날 아침 상쾌한 기분으로 일어났지만, 몸의 관절은 그 기분에 동조해줄 생각이 전혀 없는 듯했다. 구부려지지도 펴지지도 않는 몸으로 배추에 양념 버무리는 작업을 해보려 용쓰던 친구는, 버킷리스트 실현 기념으로 얻은 김치 한 박스를 들고 상경해 일주일이나 물리치료를 받아야 했다.

이번 주로 잡힌 올해 김장 일정을 친구에게 알렸다. "어때, 한 번 더 가볼텨?" 그는 헤실헤실 웃기만 했다. 원래 버킷리스트란 한 번으로 충분한 것. 걱정 마시라고, 작년 노동으로 5년치 김장은 이미 확보했다고 알려주었더니 그가 고향에 계신 어른들께 전하라며 쇠꼬리 한 상자를 보내왔다. 오우, 나이스 로맨티스트!

부끄럽지 않게
'살아야겠다'

다 안다고 생각했는데, 실은 하나도 이해하지 못했음을 통렬하게 깨닫는 순간이 있다. 그럴 땐한없이 부끄러워진다.

2015년 한 해 동안 국내에서 발행되는 일간지 일곱 개를 매일 읽었다. 신문비평을 하는 어느 모임에서 활동하느라 그랬다. 그러므로 제법 많이 알고 기억한다고 믿었다. 그해 5월 20일, 국내에서 첫 중동호흡기증후군MERS 확진 판정자가 나왔다는 뉴스가 떴다. 치사율이 높은 전염병이지만 환자와 밀접촉한 사람들을 추적해 격리 조치할 테니 너무 걱정할 필요가 없다는 관리 당국의 말이 덧붙었다. 당국자의 말이 무색하게 그 수는 매일 두세 명씩늘었다. 메르스로 인한 첫 사망자가 나온 게 6월 첫날이었던 걸로 기억한다. 그로부터 한 달 남짓, 우리 사회는 걷잡을 수 없는 혼돈 속으로 휘말렸다. 신문들은 메르스 특집 면을 만들어 정부의 늑장 대처와 자본에 눈먼 병원을 질타했다. 사랑하는 이의 임종은커녕 제대로 된 장례 절차조차 없이 처리되는 죽음들의 살풍경을 스케치하고 매일매일 달라지는 확진자와 사망자, 완치자와 격리 대상자 수를 도표로 보여주었다. 한여름 무더위와 함께 바이러스가 잠잠해지기까지, 한 달 넘게 일상을 통째로 집어삼킨 메르스 소동을 겪으며 우리 모두는 적잖은 내상을 입었다.

그래서였을지 모른다. 썰물 빠지듯 신문기사가 사라진 이후 메르스를 입에 올리는 사람은 거의 없었다. 어쩌다 그 일을 떠올릴 때면, 선명하게 채색됐던 수채화가 한순간 거센 물살에 쓸려 흐릿한 밑그림만 남은 것 같은 당혹감마저 들었다.

김탁환 장편소설 《살아야겠다》를 집어든 건 그 때문이었다. 어디서도 제대로 듣지 못한 메르스 피해자들의 서사가 소설 속에 있었다. 2015년 5월 27일 오전. 치과 의사 김석주가 F병원 응급실에 간 건 작년에 받은 조혈모세포 이식수술 이후 검사를 받기 위해서였다. 늘 그렇듯 응급실은 환자들로 만원이었다. 통로 양쪽에 늘어선 대기용 의자에 앉아 차례를 기다리는 석주 앞으로 수많은 응급환자와 가족들이 오갔다. 밤새 복통에 시달린 동생을 부축한 출판물류회사 직원 길동화, 폐암 4기 시한부 선고를 받은 아버지 병달을 국내에서 제일 잘 하는 병원에서 치료받게 하고 싶어 구급차로 모셔온 방송사 수습기자 이첫꽃송이도 그들 사이에 섞였다. 나흘 뒤부터 불규칙한 간격을 두고 세 사람은 이 병원 응급실로 다시 왔다. 그리고 차례차례 메르스 환자로 판정받았다.

영문도 모른 채 격리병실에 갇혀버린 환자들은 고열과 두통과 호흡 곤란에 시달리며 피를 쏟고 정신을 잃다가 죽거나 회복됐다. 거기서 끝이 아니었다. 젊은이 못잖은 체력을 지녔던 중년 여성 길동화는 폐와 호흡기가 망가진 채 석 달 조금 안 돼 퇴원했지만, 내 집 같던 회사에 그의 자리는 없었다. 눈물과 기침을 쏟으면서 다른 일자리를 구했건만 그때마다 메르스 환자였다는 사실이 알려지며 해고당한 후 삶의 벼랑으로 내몰린다.

메르스 피해자들의 목소리를 섬뜩할 만큼 치밀하고 담담하게 들려주는 이 소설을 끝까지 차분하게 읽고 싶었다. 하지만 지금 이 순간에도 '메르스 환자'라는 낙인 속에서 고통당하는 생존자와 가족들의 이야기가 애처로워서, 우리가 발 딛고 선 사회의 무능과 야박함에 화가 치밀어서, 무엇보다 150일 넘게 격리 병실에서 사투를 벌이며 죽음의 공포 앞에 홀로 소스라치던 석주의 속울음이 사무쳐서 몇 번이나 책장을 덮고 펑펑 울었다.

삶과 죽음을 재수나 운에 맡겨선 안 된다. 그 전염병에 안 걸렸기 때문에, 그 배를 타지 않았기 때문에, 내가 아직 살아 있다는 행운은 얼마나 허약하고 어리석은가.

작가의 말이다. 아둔함과 완강한 무지를 망치로 깨뜨린 곳에 한 줌 햇살이 스며든 느낌이다. 한없이 부끄럽고 고맙다.

엄마의
종교생활

엄마는 일흔 살 가까운 나이에 종교를 가졌다. 30여 년 전, 젊은 전도사 부부가 개척한 동네 교회에 가끔 쌀이며 채소를 보내는 눈치였지만 순전히 오지랖이었다. 하필 배타적인 시골 동네에서 교회를 연 그들이 끼니 거르는 불상사가 생기지나 않을까 걱정하는 마음. 교회 연 지 3년 넘도록 신새벽 동네 길을 매일같이 쓰는 젊은 목회자를 엄마가 각별하게 보는 마음은 이해했지만, 그렇다고 성경책 들고 예배당까지 갈 일은 결코 아니었다. 그만큼 젊은 시절의 우리 엄마는 완강한 무신론자였다.

그 어떤 신이든 갈구할 필요 없이 현실에 꼿꼿하던 엄마를 돌려세운 건 자식들이었다. 여섯째 딸이 목회자와 혼인하고, 하나밖에 없는 아들에 막내딸까지 기독교도가 되더니 그 셋이 똘똘 뭉쳐 엄마를 향해 달려들었다. 내 눈에 협박이 따로 없는 몇 년 간의 전도가 힘을 발휘했는지 엄마는 언젠가부터 주기도문과 십계명을 외우고 세례를 받았다.

 "내가 매사 신중해서 그렇지, 어금니 질끈 물고 시작만 하면…." 어릴 적, 신물이 나도록 들었던 엄마의 자기 자랑이었다. 그러면서 작심삼일로 그치기 일쑤인 우리 자매의 습성이 아버지로부터 내려온 약점이라고 은근슬쩍 덧붙였다. '참, 가당찮은 소리 하고 있네!' 아버지를 유독 편애하던 나는 엄마의 자랑질을 들을 때마다 끓는 부아를 안으로 삭이며 실컷 비웃었다. 한데 종교생활로 본 엄마의 의지력은 진정 곧고 굳센 데가 있었다. 세례를 받은 이후 엄마는 주일예배와 수요예배는 물론 구역예배까지 꼬박꼬박 챙겼다. 아버지의 전언에 따르면, 아침잠 많은 내가 신심의 척도로 삼는 새벽예배에도 아주 성실히 임한다고 했다.
 그쯤 되니 슬슬 호기심이 생겼다. 저렇게 열심히 교회

에 가서 엄마는 뭘 하시는 걸까?

어느 해 명절 연휴였다. 고향집에 내려가 늦은 밤까지 TV를 보다 거실에서 잠들었다. 새벽녘 엄마가 거실 쪽으로 나와 밖을 보더니 어딘가에 전화를 걸어 오늘은 눈이 많이 내려 교회에 못 가겠다, 그러니 집에서 새벽예배를 드리겠다고 전했다.

'드디어 엄마 종교생활의 일단을 엿볼 수 있겠구나.' 나는 자는 척 이불을 뒤집어쓴 채 기다렸다. 주방 쪽 식탁에 앉은 엄마의 기도가 시작되었다. "주님, 오늘도 이렇게 무사히 하루를 시작할 수 있게 해주셔서 감사합니다." 엄마의 입에서 겸손한 기도문이 흘러나왔다. 낯선 감동이 일렁인 건 잠깐이었다. 아버지와 큰언니부터 온 가족, 아픈 동네 어르신들까지 줄줄이 호명되며 상세한 구복기도가 30분 넘게 계속됐다. 내 이름 뒤로 이어진 기도내용을 들을 무렵부터 나는 이불 속에서 키득거렸지만 엄마는 그 소리도 듣지 못할 만큼 열중하는 듯했다.

그날 아침 설 떡국을 먹다 내가 한마디를 했다. "엄마네 주님 말이야. 엄청 피곤하실 거 같아." "얘가 무슨 소리래?" 눙치려는 엄마를 내가 돌려세웠다. "이런 촌구석 노인네까지 구구절절 간청만 한 가득이니, 세상 하고많은 기도내용 수리하려면 얼마나 귀찮을까. 엄만 그냥 쿨하게 감사기도나 드리는 게 어때?"

민망한 듯 떡국을 먹던 엄마가 이내 정색하며 내 말을 받았다. "그러니까 더 정확하고 구체적인 말로 바라는 걸 말해야지. 거듭 애원하면 하나님도 새겨들으시겠지." 딸의 비아냥 따위 가뿐하게 눌러버린 엄마의 기도는 이후로도 계속됐고, '의지력 약한' 남편까지 기어이 팔순 넘어 '주님 앞에' 무릎 꿇게 했다.

그 부모님이 지난주 결혼 60주년을 맞았다. 스물여덟명 가족이 모인 자리를 둘러보다가 홀로 두 손을 모은 엄마에게 시선이 닿았다. 이게 다 엄마의 기도빨은 아닐까? 불현듯 그 생각이 들었다. 나도 기도를 해보고 싶다는 마음이 잠깐 스쳤지만, 애원의 대상도 내용도 떠오르지 않았다. 에라, 모르겠다는 심보가 된 나는 상 위에 차려진 음식들만 부지런히 입으로 욱여넣었다.

말이 칼이 될 때,
말이 생명줄이 될 때

　　　　　'말'이 문자 그대로 '칼'이 될 수도 있다는
것을, 나는 초등학교 때 교실에서 똑똑히 배웠다.

　미술시간에 그림 그리기를 하는데 한 남자아이가 스
케치북도 크레파스도 꺼내놓지 않은 채 지우개로 책상
만 문질러대고 있었다. 담임선생님이 아이 자리로 가더
니 매끈한 회초리로 책상을 콕콕 찍으며 물었다. 그림 안
그리고 대체 뭐하는 거냐고. 아이가 준비물을 안 가져왔
다고 대답하기 무섭게, 그러니까 왜 준비물을 안 챙겼냐
는 성마른 다그침이 이어졌다. 아이가 느릿느릿 말했다.
"그게, 오늘 미술시간이 들어서 스케치북하고 크레파스
사야 된다고 아버지한테 말씀드렸는데…, 아버지가, 안
된대요." 어린 우리 눈에도 대충 상황이 짐작됐다. 허나

선생님은 거기서 물러서지 않았다. 아들 학용품을 안 사주는 이유가 대체 뭔지 궁금하다며 아이를 몰아세웠다. "아버지가, 어차피 저는…, 공부도 못하고, 글렀다고요." 아이가 물기 맺힌 눈으로 그렇게 말했을 때 반 친구들 중 몇몇은 크게 웃고 몇몇은 손으로 입을 막고는 숨을 죽였다.

바로 그때, 40년이 더 지나도 잊히지 않는 어떤 말이 선생님의 입에서 나왔다. "그 애비, 무식해도 분수는 아는군. 하기야 싹수 노란 잡초는 일찌감치 뽑아내는 게 상책이지. 인간 절대로 안 변하는 법이거든." 옆자리 짝이 자기 스케치북을 부욱 찢어 책상 위에 올려주었지만 아이는 끝내 고개를 들지 못한 채 울고만 있었다.

반대로 한 마디 말이 생명선이 되어주는 상황도 적잖다. 언젠가 생의 끝자락에 섰던 발길을 극적으로 돌려 살아남은 이들의 이야기를 읽었다.

평범한 사람들이 일과를 마치고 귀가하던 저녁 무렵. 30대 남자가 샌프란시스코 금문교를 걸었다. 저기, 다리 중간쯤에서 투신하리라. 한편으로 그는 간절하게 빌었다. 걸어가는 동안 누군가 나를 바라봐 주었으면, 따스한 한 마디 말이라도 건네주었으면…. 천만다행으로 지나가던 여성이 청년의 눈빛 가득한 절망을 읽었다. '바람이 더 차가워지기 전에 어서 집으로 돌아가라'는 여성의 당부에 청년은 펑펑 눈물을 쏟았다. 그 순간 기적처럼 다시 살아보고 싶은 희망이 솟구쳤다고 그는 회상했다.

언젠가 '골목식당'이라는 TV 프로에 등장한 한 청년이 화제에 올랐다. 늘어진 트레이닝 바지에 뒷짐을 지고, 낡은 슬리퍼를 질질 끄는 그의 모습에서는 습성으로 굳어진 나태와 세상사를 쉽게 여겨온 건방이 한눈에 읽혔다. 오죽하면 화면을 본 백 선생의 첫 일성이 "저거, 뭐야?"였을까. 예상대로 방송 내내 그의 일거수일투족은 시청자들을 복장 터지게 했다. 기사가 쏟아지고 '사람 절대 안 변한다. 괜한 헛고생 말라'는 댓글이 수백 개씩 달렸다. 맞다. 익숙한 삶을 바꾸는 일은 누구에게든 쉽지 않다. 오죽하면 '뼈를 갈아 끼우고 태를 빼낸다(환골탈태)'는 비유를 갖다 썼을까. 그 청년 역시 결심하고 미끄러지는 과정을 여러 번 반복하는 듯했다.

어느 아침, 식당을 급습한 백 선생님이 호통을 쳤다. "사람들이, 절대로 안 바뀐대." 모욕에 가까운 댓글들을 그도 이미 읽었을 터. 청년의 낯빛이 하얘지고 입술이 떨렸다. 그리고 스승의 다음 말이 TV를 보는 내 가슴에 콱 박혔다. "뭔가 보여주고 싶지 않아? 보란 듯이 한번 바뀌고 싶지 않아?" 그 말에 청년이 다시금 어금니를 물었다. 편집의 묘가 작용했겠지만 이후의 이야기는 많은 사람들이 아는 그대로이다.

우리는 누구나 제대로 살고 싶지만 자꾸 흔들리고 삐끗한다. 겨울이 깊어가는 요즘 같은 날에 유독 우울과 자괴감에 빠지는 것도 그 때문이다. 필요한 책이 있어서 서점에 들렀던 오후. 정작 책은 한 권만 계산한 뒤 예쁜 카드를 열 장 넘게 샀다. 한동안 격조했던 친구들에게 정다운 안부인사를 전하고 싶어서였다. 주말에는 책상에 앉아 열 통 넘는 카드를 쓸 작정이다.

경솔하고 부주의한 우리의
맨얼굴이 거기에 있다

우리가 사용할 수 있는 도구에는 세 종류가 있다. 침묵하는 것과 소리
를 내는 것, 그리고 말하는 것. 침묵하는 도구로는 수레가, 소리 내는 도
구로는 소가, 말하는 도구로는 노예가 있다.

고대 로마 농경학자 바로가 명쾌하게 정의한 도구의
범위다. 그 시대에 노예는 인간의 말을 할 줄 아는 도구
였다. 주인 마음대로 사고팔 수 있는 노동력이자 기분
나쁘면 마구잡이로 때리고 부러뜨려도 상관없는 대상이
었다. 품질 좋은 노예 하나를 살뜰하게 사용할 수 있는
기간은 대략 20년이었다. 그 사이에 여자 노예가 사내아
이라도 낳으면 미래의 도구를 공짜로 확보하는 셈이니,
주인으로서는 이보다 좋을 수가 없었다.

처음부터 그런 건 아니었다. 초창기 로마는 이웃나라를 정복해 포로로 잡아온 사람들을 노예로 부리며 도로를 닦고 건물을 짓고 수로를 내는 데 썼다고 한다. 이들 '말하는 공적 재산'들은 두세 개의 언어를 구사할 줄도 알았다. 이렇듯 노예의 이점이 명백해지면서 귀족들이 탐을 내 하나둘 사적재산으로 흡수되었다. 조지프 테인터를 비롯한 많은 인류학자들은 로마가 노예제도의 이점에 맛을 들이면서 약탈경제를 구축하게 되었다고 말한다. 전쟁으로 이웃나라의 땅과 자원을 빼앗고 그곳에 살던 백성들을 군인으로 차출한 뒤 또 다른 전쟁에 투입해 자원과 노예를 긁어모으는 식으로 전쟁을 계속했다. 그때까지 경험한 그 어떤 경제 행위보다 높은 수익을 창출하는 전략이었다.

모든 재화가 그렇듯 흘러넘치는 잉여는 부주의한 낭비를 낳았다. 휘하에 1,000명 노예를 두는 귀족이 심심찮게 나오고, 성실과 절약을 미덕으로 알던 평민들까지 노예를 부렸다. 침략국에서 약탈한 자원과 노예에게 부과되는 세금 덕에 로마 시민들은 공민세를 내지 않아도 되었다. 더럽고 힘들고 위험한 일을 노예들이 처리해주니

애써 도구를 개발할 필요도 없었다. 빛나던 건축기술은 퇴보하고, 물레방아와 수확용 기계기술은 앞으로 나아가지 않았다.

그리고 수 세기 동안 제국을 지탱하던 노예제도가 영속되지 못하는 날이 왔다. 이민족으로 구성된 병사들은 툭하면 반란을 일으키고, 호전적인 켈트족이나 게르만족 앞에서 참패를 당했다. 황제조차 정확한 규모를 가늠하기 힘들 만큼 방대한 국경선 수비는 국고를 야금야금 집어삼켰다. 드베이어와 니키포룩 같은 학자들은 로마의 급속한 팽창과 몰락에 이 노예제의 역할이 절대적이었다고 진단한다.

로마제국 멸망과 함께 수그러들었던 노예제도는 근대 패권주의와 함께 부활했다. 식민지 개척시대, 노예무역은 가장 수익성 높은 사업 중 하나였다. 인류사의 치부라 할 이 제도는 19세기 말에 폐지됐지만, 진실을 말하자면 때마침 구원투수처럼 등장한 석유 기반 무생물 노예가 있었기에 가능한 일이었다. 미래학자 벅민스터 풀러가 '에너지 노예'라 이름 붙인 이 무생물 노예들은 인간

노예와 비교조차 되지 않을 만큼 엄청난 생산성을 자랑했다. 늙지도 병들지도 않는 이 존재들은 극한의 작업환경에서도 군말 없이 일을 했다. 그뿐인가. 석유화학 공정을 거쳐 만들어낸 플라스틱과 합성섬유, 합성원료가 사람들의 의식주를 든든하게 떠받쳐 주었다. 다만 부주의한 낭비의 대가는 언제나 혹독할 수밖에 없다. 석유 기반 현대사회의 부도덕에 대한 경계와 비판의 목소리가 비등했지만, 압도적인 편리와 풍요 앞에서 그런 목소리가 설 자리는 없었다.

"우리는 한국의 쓰레기통이 아니다." 동남아 각지에서 한국으로 반송되는 수천 톤 불법 쓰레기의 내용물이 TV 화면에 비춰지는 동안 얼굴이 화끈거렸다. 부주의하고 경솔한 낭비로 치닫는 우리의 맨얼굴이 그 더러운 쓰레기더미에 그대로 겹쳐졌다. 어쩌다 우린 여기까지 왔는가?

누군가는 헛소리 그만 하라며 비웃을지 모른다. 식민시대 노예상들도 자신의 사업이 정당하다고 굳게 믿었다. 후기 로마인들이 '말하는 도구'를 바라보는 시각 역시 지금 우리와 똑같았다.

이 날이 춥지 아니함도,
역군은이샷다

　　　　　동쪽으로 둘러쳐진 개나리 울타리 밖에서
는 종종 고성이 들렸다. 머리띠를 두른 사람들의 목소
리는 낯설고 불온했다. 때로 어디선가 몰려온 수십 명이
'노동자 탄압 중지하라'는 구호를 외치다 닭장차에 실려
사라지기도 했다. 그런 날이면 선생님들은 우리를 단속
하느라 바빴다. 잠시 구경이라도 할라 치면 득달같이 달
려와 교실로 몰아넣었다. 고등학교 때였다. 분식집과 문
방구가 있는 학교 동쪽 주택가에 '도시산업선교회'라는
이름의 단체가 들어서 있었다. 노동운동의 불모지로 여
겨지던 1980년대 초반 청주였지만, 내가 기억하기로 이
단체의 활동은 대단했다. 청주공단에 입주한 중소업체들
의 노동운동을 이 단체가 주도하고 지원했던 듯하다. 당

시 어른들에게 도산(밖에서는 이 단체를 그렇게 불렀다)은 눈엣가시였다. 점잖은 목사님은 그곳을 이단이라 지목했고, 내가 좋아하던 윤리 선생님은 "도산都産 가는 곳에 도산倒産뿐이다."라는 말로 부정적 측면을 확정하셨다.

2학년 봄이었다. 노랗게 핀 개나리꽃에 취해 울타리를 서성이다 한 사람과 눈이 마주쳤다. 그쪽과 관련된 듯한 청년이었다. 꽃에 홀려 마음이 풀어진 터라 정색하며 돌아서기도 난처했다. 어색하게 눈인사를 했다. 이후 분식집에서 쫄면 먹다가 혹은 길가다 간혹 스치고, 몇 마디씩 짧은 대화를 했다. 거기까지였다. 눈에는 결기가 가득했지만 그쪽 일에 호기심을 보이는 내게 그는 싸늘했다. "학생은 공부만 하면 돼." 대단한 선비 납셨군! 그러면서 왜 그런 일에 뛰어든 거야? 돌아서 혀를 차면서도 마음은 고마웠다.

그 해 겨울 수업시간이었다. 외투 입고 전교생 운동장에 집합하라는 방송이 나왔다. 전두환 대통령, 그분이 청주를 방문한다고 했다. 우리는 개신동에서 사직동으로 이어지는 대로 양쪽에 서서 환영 준비를 했다. 서청주 쪽으로는 청주고 학생들이, 종합운동장 쪽으로는 사직동 주민들이 도열했다. 눈 쌓인 길에서 칼바람을 맞으며 기다리자니, 가뜩이나 꼬인 심사에 여기저기서 쌍욕이 튀어나왔다. 새파란 여고생들 입에서 대통령 부부는 난도질당하고, 위세 등등한 신군부 실력자와 문교부 장관까지 조리돌림 하듯 잘근잘근 씹혔다. 아이들이라고 모르는 게 아니었다. 울타리 안에서 보호받으며 침묵했을 뿐. 둑방 터지듯 밀려나온 욕에 가속도가 붙어 절정으로 치달을 무렵, 시커먼 그라나다 몇 대가 휙 하고 지나갔다.

제기랄! 이 꼴을 보자고 한 시간 가까이 덜덜 떨며 기다린 거야? 교실로 들어오니 백설기 빵과 서주우유가 분배됐다. 대통령의 선물이라고 했다. 심술이 난 나는 그 빵과 우유를 가져다 도산 청년에게 주었다. "자, 이거요." 입 안 가득 빵을 넣으며 그는 웬 거냐고 물었다. 우유까지 맛나게 들이켜는 모습을 확인한 내가 대답했다. "대통령 각하의 하사품이에요. 빵으로 배부르고 우유로 입가심하고, 이 겨울 몸이 춥지 아니함도 역군은이샷다!" 멈칫하던 그가 어이없다는 듯 폭소를 터뜨렸지만 기대하던 욕은 보태지 않았다.

얼마 전(2016년 겨울이었다) 인터넷을 달군 대구 여고생 자유발언 동영상을 보다 30년도 더 지난 짧은 만남을 떠올렸다. 사실은 말수 적은 그가 했던 어떤 말이 오래 가슴에 남았었다. '성공한 혁명에는 농민과 10대가 있었다.' 4·19혁명을 촉발한 김주열은 고등학생 아니더냐고 반문하는 내게, 10대가 교실을 떠나 거리시위에 나서야 할 만큼 무자비한 시대는 지나갔다고 설명하는 과정에서 나온 말이었다.

"우리는 꼭두각시 공주의 어리광을 받아주는 개돼지가 아닙니다."라고 말하는 동영상 속 소녀를 바라보다 머릿속이 아득해졌다. 저 야만의 시대로부터 멀리 벗어났다고 믿었다. 그러나 농민은 경찰의 물대포에 맞아 목숨을 잃고, 교복 입은 소녀는 모의고사 공부 대신 자유발언문을 써내려 가는 세상이 우리 앞에 있다. 아득한 절망감 한편으로 질문 하나가 떠올랐다. 그렇다면 지금 이 상황은 혁명의 완성을 향해 가는 길인가, 아니면 또 다른 혁명의 시작인 건가.

그녀는 왜 '애제자 만들기'를
포기했을까?

아마 신문과 TV에서 연일 보도되는 중학
생들의 폭행사건 때문이었을 것이다. 한동안 격조하던
후배가 많이 보고 싶어진 것은. 고등학교 연합동아리 모
임에서 선후배로 만나 대학교까지 함께 다니며 꽤 밀도
있는 친분을 유지했었다.

어려서부터 국어 선생님을 꿈꾸던 그였다. 바람대로
사범대에 진학했고 졸업하자마자 임용돼 중학교에 발령
받았다. 짧게 자른 커트 머리로 첫 출근을 하던 모습도
강렬한 인상을 남겼지만, 10여 년 전 만났을 때 그가 들
려준 이야기가 오래도록 잊히지 않았다.

이름하며 '애제자 만들기 프로젝트.' 새 학년이 시작될

때마다 후배는 서너 명의 애제자를 따로 받아들인다고 했다. 공식적인 절차는 없었다. 그저 혼자 진행하는 은밀하고 특별한 의식에 불과했다. 다만 애제자 선발 조건은 꽤 까다로웠다. 학업성적 하위 10퍼센트 이내에 다소 문제적인 성향을 드러내는 아웃사이더일 것. 그렇게 마음속으로 고른 애제자가 주로 어울리는 친구는 누구인지, 학업에 싫증을 내는 요인은 무엇이며 아이의 잠재력이 발현되는 교과목이 있는지, 어떤 가정환경에서 성장하는지를 면밀히 파악한 뒤 티 나지 않게 애정을 쏟는다고 했다. 가령 얼굴 마주칠 때 이름 석 자를 부르며 지극히 사적인 안부인사를 전하거나 취미생활 혹은 친구를 소재로 올려 짧은 대화를 나누는 식이었다. 무거운 수업도구를 운반하거나 화단 청소가 필요할 때, 학생들에게 전달사항이 생길 때에도 종종 그 아이들의 힘을 빌렸다. 신기한 건 그 자잘한 관심이 불러오는 극적인 변화였다. 한 학기가 지나면 아이들의 성적은 물론이거니와 표정과 말투가 변하고, 학년이 바뀔 즈음에는 그들의 미래 꿈과 세상을 보는 시선까지 몰라보게 달라진다는 얘기였다.

교육심리학자들은 흔히 이런 변화를 일컬어 '로젠탈

효과'라 부른다. 1968년 하버드대학교 사회심리학 교수인 로버트 로젠탈이 샌프란시스코의 한 초등학교를 대상으로 실험을 했다. 전교생을 대상으로 IQ 테스트를 한후, 그는 작은 트릭을 썼다. 무작위로 뽑은 학생 명단을 교사들에게 건네며, 이들이 향후 발전 가능성 높은 상위 20퍼센트 학생들이라고 거짓말을 했다. 그리고 8개월이 지난 후 다시 검사를 실시했다. 실험 결과, 명단에 포함된 학생들의 평균 성적 및 지능이 다른 학생들보다 높게 나왔다. 교사의 기대와 관심이 학생들에게 긍정적인 영향을 미친 결과였다.

로젠탈의 트릭이 아니더라도, 후배는 자신만의 '애제자 만들기'에서 적잖은 보람을 느끼는 듯했다. 왜 아니겠는가? 벌써 그런 식으로 얻은 애제자가 스무 명도 넘는다고 말하던 그때 후배의 윤기 나는 목소리와 얼굴은 참 예뻤다.

생각난 김에 후배에게 안부전화를 걸었다. 애제자 프로젝트를 묻는 내 질문에 그녀는 주춤거리며 말을 잇지 못했다. '희미한 기억'처럼 느껴진다며 그가 어렵사리 입을 열었다. 가만히 이야기를 들어보니 강건하고 아름다운 그를 주저앉히고도 남을 일들이 그 교단에서 여러 번 지나간 듯했다. 언론에 보도되는 사고 못지않은 일들을 교육현장에서 숱하게 목도했다고 털어놓았다. 그럼에도 후배는 아이들을 탓하지 못했다. 정작 그녀의 마음을 다치고 절망하게 만든 건 이미 벌어진 사고를 수습하는 과정에서 맞닥뜨린 학교와 교육 당국, 그리고 학부모들의 태도였다.

"상황이 이 지경인데 아무도 사과하고 책임지려 하지 않아요. 부모들은 학교의 관리 소홀만 탓하고, 학교는 교사들에게 적극적으로 나서지 말라 주문하고, 교육 당국은 문제를 감추는 데만 급급해요. 이렇게 무책임한 폭탄 돌리기 속에서 상처받는 건 결국 의지할 데를 잃은 아이들이에요."

교단은 이제 밥벌이 현장, 그 이상도 이하도 아닌 곳이 되어버렸다고 자조하는 후배의 목소리는 마른 낙엽처럼 푸석푸석했다.

수첩을 바꾸며

계획할 줄 아는 건 인간만이 지닌 위대한 특성 중 하나라고 나는 믿는다. 지금보다 나아질 10년 후를 기약하며 월급쟁이들은 매달 빠듯한 돈을 쪼개 적금을 붓는다. 통쾌한 어퍼컷으로 적수를 때려눕힐 그날을 꿈꾸며 복서는 매일 몇 시간씩 반복되는 달리기와 근력운동과 샌드백 치기를 감수한다.

레슬링을 기막히게 잘하던 아테네 청년 테세우스가 불멸의 영웅으로 기억되는 것 역시, 다른 희생자들과 달리 치밀한 생환계획을 들고 '라비린토스' 미로 속으로 뛰어든 덕분이다. 사실 문제는 미노타우로스의 괴력이 아니었다. 이 미로의 진짜 악몽은 설계자인 다이달로스조차 출구를 찾을 수 없다는 데 있었다. 그러니 설령 테세우스가 반인반수의 괴물을 해치운다 한들, 살아나올 방법은 없었다. 테세우스를 연모한 아리아드네와 설계자 다이달로스가 머리를 맞대고 궁리한 단 하나의 방법이 저 유명한 실타래였다. 감옥 입구에 실의 한 끝을 묶어두고 타래를 풀며 들어가 미노타우로스를 죽인 다음, 그 실을 따라 왔던 길을 되짚어 나오는 것.

삶을 계획하고 그 계획 아래 움직이는 사람은 극도로 복잡한 미로 같은 세상에서 자신을 안내할 한 올의 실을 지니고 있는 셈이다. 반면 무계획의 충동으로 움직이는 인생은 머잖아 무질서의 지배 아래 놓이고 만다.

소설가 빅토르 위고의 경구를 읽을 때마다 그리스 신화 속 테세우스가 떠오른다. 어쩌면 위고 역시 라비린토스를 우리 인생에 비유해 이 명언을 남긴 것이리라.

어릴 적 학기 종업식을 마치고 집으로 달려가 제일 먼저 하던 일이 '방학 생활계획표' 짜기였다. 컴퍼스에 연필을 끼우고는 도화지 위에 한 바퀴 빙 돌려 원을 그리는 일은 언제나 설렜다. 이제부터 한 달 넘는 시간을 내

의지대로 쓸 수 있다는 자부심에 차올라 손이 아플 만큼 연필을 꽉 쥐곤 했다. 지우개로 몇 번을 지웠다 그리며 시간을 배분해봐야 잠자기, 식사, 공부, 독서, 놀기처럼 빤한 목록으로 채워졌지만 말이다. 동그라미 일일계획표 아래에는, 참으로 내키지 않으나 꼭 지켜야 할 목록을 습관처럼 작게 메모했었다. 일기는 매일 쓰기, 바로 위 언니와는 절대 싸우지 말기(싸워봐야 지니까), 투덜거리지 말고 요강 깨끗하게 닦기…. 초저녁 겨울 추위 속에서 다섯 개나 되는 요강을 일일이 닦는 일은 늘 고역이었다. 그 옛날 시골집 방마다 놓였던 놋요강, 사기요강, 스텐리스 요강들은 다 어디로 갔나.

습관의 힘은 참으로 세서, 사회생활을 하면서도 매년 이맘때 새해 계획을 세운 뒤 친구 몇 명이 비밀스럽게 모여 서로의 다짐을 확인하고 독려하는 작업을 꽤 오래 했다. 그러다 어차피 지켜지지 않을 약속에 대한 피로가 쌓인 30대 후반부터 흐지부지 됐지만.

연말이면 수십 개씩 쌓이던 탁상달력과 다이어리 숫자가 올해 많이 줄었다. 불경기의 여파라고 한다. 제일 예쁜 수첩을 골라서 간만에 새해 '위시리스트'를 작성하기로 한 나는, 책상서랍 맨 아랫칸에 넣어둔 옛날 수첩들을 꺼내 첫 장에 써넣은 그때의 계획들을 살폈다. 인생은 장기전이라더니, 여전히 이루지 못한 십수 년 전의 다짐들을 참고해 새해 목표 리스트를 채워나갔다. 더러 지금은 생경한 내용도 보였다. '엥겔계수 30 이하로 낮추기.' 퍽이나 싸돌아다니며 처마시던 그 시절의 흔적은 다행히 지금 내 삶에 없다. 그리고 마지막 문장이 눈에 들어왔다. '(가급적) 욕 하지 말자.' 비겁한 알리바이까지 괄호 안으로 묶어가며 무얼 그리 욕하고 싶었던 걸까.

웃으며 넘어가려는 찰나, 수첩을 훔쳐보던 동료가 불쑥 끼어들었다. "와! 이거이거, 미션 임파서블인데요. 그나저나 욕 안 나오는 세상이 이 생 안에 오기나 할지."

가만 생각하다가 테세우스의 실타래를 움켜쥔 심정이 된 나는 조금 덜 비겁한 열 번째 위시리스트를 수첩에 적었다. '(가능한) 욕 덜 나오는 세상을 만들어보세!'

글 쓰는 마음,
글 읽는 마음

　　　　　책 안 읽는 시대라지만, 자기 책을 내고 싶어 하는 이들은 점점 많아진다. 우리처럼 작은 출판사에도 하루 한두 건씩 원고가 들어오니 큰 곳은 오죽할까.

출판 편집자로 첫 발을 내디뎠을 무렵, 쌓여 있는 투고를 눈앞에 두고 받은 충격과 압박감이 지금도 생생하다. 지금이야 이메일로 전송하면 되지만 1990년대 중반만 해도 200자 원고지에 써내려 간 육필원고를 직접 들고 출판사를 방문하거나 프린터로 출력한 원고를 우송하는 식으로 투고가 이루어졌다.

그때 내가 다니던 회사에서는 베스트셀러 소설이 연달아 나왔다. 잘 팔리는 책이 있을 경우 투고되는 원고의 양도 늘어난다. 내 책상 옆 두 개 박스는 투고 원고로 늘 가득하고, 별다른 선약이 없을 경우 업무시간 이후 그 글을 검토하는 게 습관으로 굳어가고 있었다.

이른 봄날 오전, 편집부 사무실로 한 노인이 찾아왔다. 남루한 옷차림에 주름 자글자글한 얼굴. 광목으로 싼 원고를 두 손으로 받쳐들고 있었다.

불쑥 나타난 노인을 휴게실로 안내했다. 오랫동안 써온 당신의 자서전 원고를 전하러 왔다고 했다. 더듬더듬 삶의 이력을 되짚는 그이의 이마에 땀방울이 맺혔다. 검토 후 연락드리겠다고 했지만, 노인에게는 연락처로 남길 전화번호가 없었다. 대신 날짜를 정해주면 그때 다시 방문하겠노라 하셨다.

광목 보자기 안의 글은 한눈에 봐도 200자 원고지 3,000매 넘는 분량이었다. 달필은 아니되 단정한 글씨였다. 때로 검정 볼펜으로, 때로 연필로, 간혹 만년필로 써 내려 간 글에는 그이의 한평생이 연대순으로 담겨 있었다. 일제 강점기의 궁핍한 성장사, 전쟁통에 가족 잃고 홀로 버텨낸 청년기와 불행했던 한 번의 결혼생활, 노동판을 떠돌며 이어온 신산한 후반생. 쉽지 않은 세월을 살

아내면서도 사그라지지 않은 감성이 문장 곳곳에서 묻어
났다. 하기야 그 명민함을 지지대 삼아 홀로 글을 배우
고, 틈틈이 원고를 썼겠지. 그럼에도 한 권의 상품으로
완성되기에는 부족한 원고였다.

약속했던 2주째 되던 날 오전, 노인이 다시 방문했다.
광목에 싼 원고를 돌려드리며 검토소견을 에둘러 전했
다. 적잖이 실망할 거라 예견은 했지만, 눈물이 그렁해지
는 얼굴을 마주하기가 힘들었다. 나는 쭈뼛쭈뼛 그 어른
을 회사 아래층에 있는 순두부집으로 모시고 갔다. 맛있
는 순두부를 노인은 거의 먹지 못했다.

식당에서 일어나기 직전, 노인이 읊조리듯 말했다. "고
달팠던 인생이에요. 책으로라도 내 얘기를 남기면 의미
가 있을 거라고 다독이며 살았는데, 이제 무슨 낙으로 견
딜까요." 주저앉아 울고 싶을 만큼 마음이 아팠지만 풋
내기 편집자인 나는 어떤 도움도 주지 못했다.

그 후 가능하면 투고자와 대면하지 않았다. 채택될 가
능성이 희박한 마당에, 글쓴이의 내면이 응결된 원고를
두고 내 주관적인 의견을 말하는 게 영 불편하고 불안했
기 때문이다. 더러 유쾌한 웃음거리를 남긴 투고자가 없

지는 않았다. 회사 앞 카페로 찾아왔던 어느 고위관료는 기본기 제로에다 로맨스 축에도 못 낄 민망한 연애사를 소설이라며 건넸다. 다른 누군가에게 들키기 전에 당장 컴퓨터 파일부터 삭제하라는 조언에 그는 주변에 발설하지 말아달라며 값비싼 저녁을 뇌물로 먹였다. 한껏 고양된 얼굴로 건넨 어느 대학병원 의사의 연작시 역시 우스꽝스럽기로는 발군이었다. 얼굴 두꺼운 그는 자기 시를 못 알아본 나야말로 3류 편집자라고 지금도 큰소리치지만, 노인의 눈빛은 오랫동안 잊히지 않은 채 나를 딜레마에 빠뜨린다.

한데 사흘 전 날아든 투고 메일을 열었다가 전화 걸어 쌈박질을 할 뻔했다. 오래된 협력사의 부도 소식으로 마음이 모래밭인데, 밑도 끝도 없는 자기계발 원고를 이해득실 따지지 말고 책으로 내라고 강변하는 글을 보는 순간 꾹꾹 눌렀던 부아가 엉뚱하게 폭발한 거다. 가까스로 화를 누그러뜨렸지만 뒷맛이 영 개운치 않다. 어째 올해도 쉽게 가긴 글렀나 보다.

펑펑 울고 난 후
절감하는 것들

　　요 몇 달, 오래도록 소식이 닿지 않던 사람들로부터 안부 전화를 받았다. 짐짓 태연한 목소리로 그들은 비슷한 질문을 했다. 별일 없느냐고. 협력사의 부도로 살짝 손해를 봤지만, 큰 타격 입지 않고 건강하게 잘 지낸다는 말을 듣고서야 사람들은 안도하면서 걱정스럽던 속내를 털어놓았다.

　　출판 도매상 부도 소식이 TV를 통해 여러 차례 전해진 바람에 무려 13년 만에 얼굴을 보게 된 친구도 있었다. 오랜만이었지만 "여보세요?" 한 마디만으로 그의 목소리를 알아들었다. 무심하기 짝이 없는 그가 어떤 심정으로 내 전화번호를 눌렀을지, 한 마디 인사말로 선하게 전해졌다. 걱정할 것 없다는 나의 호언이 제대로 먹혀들지 않

있는지 그는 며칠 뒤 점심시간에 우리 회사 근처로 찾아 왔다. 뜨끈한 매운탕을 함께 먹고 긴 시간 동안 이런저 런 이야기를 하고 나서야 친구는 염려를 걷어낸 듯 환하 게 미소 지으며 돌아갔다.

몇 년 전 여행하다 스치듯 만나 간간히 문자를 주고받 던 한 어른도 뉴스 보고 깜짝 놀랐다며 과일을 사들고 회사를 방문했다. 연세 지긋한 데다 사교 범위까지 넓어 독서보다 재밌는 소일거리가 많을 게 틀림없는 그 어른 은, 굳이 깨알 같은 글씨로 써내려 간 두툼한 책들만을 여러 권 골라 구입해 가셨다.

많은 분의 살가운 걱정에도 불구하고 괜찮다. 사실을 말하자면, 나는 작년 이른 봄에 정말 힘들었다. 눈에 띄 게 달라지는 시장환경에 대한 불안감에다 한 번도 느껴 본 적 없던 직업에 대한 회의감이 더해졌다. 수시로 찾아 드는 무력감과 대결하듯 눈앞에 놓인 원고를 들여다보았 지만, 이놈의 책만 안 만들면 행복할 것 같다는 울화 같 은 게 아무 때나 치밀었다. 억눌린 감정은 예기치 않은 순간 아주 남부끄러운 방식으로 한꺼번에 분출됐다. 꽃

피는 봄날 오후에, 출간을 앞둔 원고의 표지 시안을 검토하는 자리에서 눈물이 나기 시작했다. 질질 흐르는 눈물을 몰래 닦는데 입에서 '엉엉' 소리가 새나왔다. 어릴 적 이후, 소리 내어 운 기억이 별로 없었다. 너무 놀라서 입을 틀어막았지만 소리가 잦아들기는커녕 점점 커졌다. 눈치 빠른 동료들이 자리를 비켜준 뒤 혼자 그 모양으로 있자니 별별 생각이 다 들었다. 세상에! 뭔 벼슬을 한다고 쉰 살 넘은 나이에 처울고 난리를 피우나. 이 추태를 보이고 창피해서 동료들 얼굴을 어찌 볼까….

그 와중에도 그날이 금요일이라는 사실이 조금은 다행스러웠다.

밤이 깊도록 울다 쉬기를 반복했던 것 같다. 그러다 지쳐서 골아떨어졌는데, 새벽녘 일어나 보니 이상하게 생각이 명료해졌다. 누군가에 등 떠밀린 인생이 아니었다. 내가 좋아서 선택한 직업이고, 많은 날을 변태적일 만큼 짜릿한 기쁨에 취해 일했다. 불필요한 생각의 곁가지들이 툭툭 잘려 나갔다. 그 새벽 '실체가 불분명한 공포에 혼자 휘둘리지 말고 함께 얘기하면서 우리 마음에 드는 책 만들어가자'던 나이 어린 동료의 문자메시지는 세상 무엇보다 든든한 위로였다.

흐흐, 진작 산발하고 앉아 대성통곡할 걸 그랬나?

요즘 들어 업계 선후배들을 자주 만난다. 밥 먹고 차 마시며 대화하다 보면, 이 좋은 수다의 맛을 왜 일찍 알지 못했나 싶을 만큼 유쾌해진다. 개인적인 사정으로 10년 가까이 이 바닥을 떠났다가 '망해가는 업종에 왜 다시 발을 담그려 하느냐'는 주변 만류를 간신히 뿌리치고 재작년에 복귀했다는 어느 출판사 대표의 '자아실현 분투기'를 들을 때는 다 같이 쿡쿡 웃었다. '다 자기 좋을 대로 사는 거지 뭐.'

살아가는 동안 누구에게든 몇 번은 찾아오게 될 일련의 일을 겪으며 절감한다. 마음 통하는 동료가 얼마나 고마운 존재인지, 서로 동정하고 위로받는 일이 비참하기는커녕 어떤 용기와 신뢰를 불러오는지 말이다.

나와 우리 업계 사람들은 이 절대적인 가치를 새삼 확인하며 겨울을 지나고 봄을 맞는 듯하다.

그렇게 30년이
흐르고 나서

명절 연휴 때마다 고향집으로 달려가는 나를 두고 친구는 키득거렸다. "아서라. 나이 쉰 살 넘어서까지 설 쇠러 고향에 가겠다고?" 촌스런 짓일랑 이쯤에서 그만두고 함께 온천여행이라도 다녀오자는 친구의 유혹을 마다한 채, 설 전날 아침 7시에 출발하는 KTX 표를 끊었다. 기차로 45분. 오송역에서 택시 타고 집으로 가니 딱 8시였다. 일옷으로 갈아입고 곧바로 명절맞이 작업에 돌입했다.

나에게도 모던한 꿈은 있었다. 사회생활 시작할 때부터 품었던 오래된 소망. 명절 연휴가 시작되면, 고향 대신 선글라스 끼고 공항으로 직행하는 무리에 섞이고 싶었다. 얌통머리 없다는 핀잔이 날아들든 말든, 금쪽같은 연휴를 나 혼자 유유자적 보낼 수 있다면 더 부러울 게 없을 듯했다.

하지만 돈이 없었다. 직장생활 시작하고 몇 년 간은 여기저기 누수가 생기는 생존 터전을 틀어막는 일만으로 버거웠다. 10년쯤 지나면 내 소망대로 명절 연휴를 즐길 수 있으려니, 위안을 삼았다. 대략 그만큼의 시간이 지나고 통장 잔액에 여유가 생겼다. 웬걸. 설이나 추석이면 함께 모여 전 부치고 만두 빚고 상 차리며 착착 죽이 맞던 여동생 두 명이 앞서거니 뒤서거니 결혼을 했다. 50대 후반이던 엄마는 70대로 접어들었다. 늙어버린 엄마 혼자 허둥거리며 명절 준비하는 모습이 눈에 선했다. 해외여행을 입에 올릴 엄두조차 내지 못했다. 그 뒤 10여 년이 또 흘렀다. 남동생이 결혼하면서 엄마에게 며느리가 생겼다.

비로소 자유를 얻었다며 군침을 흘리는 찰나, 도시에서 귀하게 살아온 올케가 시골 우리 집에 가서 첫 명절을 보낼 광경이 불쑥 떠올랐다. 사려 깊고 예쁜 올케의 얼굴이 눈에 밟혀 도저히 발길이 떨어지지 않았다. 나는 25킬로그램짜리 트렁크를 질질 끌며 고향으로 향했고 비행기 수하물에 부치는 꼬리표 대신 일관성이라는, 아무 짝에 도 써먹지 못할 타이틀 하나를 가까스로 건졌다.

그렇게 꼬박 30년이 흘렀다. 시간의 위력이랄까. 돌아 보니 그 사이 많은 것이 변했다. 복잡하던 고향집 차례 절차는 간소한 추도예배로 바뀌었다. 명절 준비 품목도 그에 맞게 대폭 조정됐다. 마음 아리는 가장 큰 변화는 고향 마을의 쇠락이다. 나 어릴 때 어른이던 분들은 절반 넘게 세상을 떠났다. 그에 비례해 늘었어야 할 아이들은 거의 없다. 우리 집 바로 아래 일가를 이루고 살던 다섯 집 중 네 집이 고향을 뜬 후 지금은 빈터만 덩그렇다.

이제 80대 후반이 된 부모님과 차례차례 50줄을 넘고 있는 우리 형제들은 모이면 넓은 거실 창으로 동네를 내 다보며 두런두런 이야기를 한다. 기억으로만 남은 이웃 을 그리워하는 일은 아무래도 쓸쓸하다. 그렇게 주고받 는 이런저런 이야기 도중 까맣게 잊고 지내던 어떤 얼굴 이 떠오르기도 한다.

"아, 마서방이 네 아버지를 찾아왔더라." 식탁에 마주

앉아 만두를 빚던 엄마가 말했다. "넌 그 사람 모르겠구나. 46년 만이라고 했으니." 꿈결처럼 아련한 풍경이 스멀스멀 살아났다. "마서방? 빗자루 장사하던 아저씨 아니야? 키가 훌쩍하게 크고, 자전거에 싸리비 잔뜩 달고 다니던." 엄마는 46년 만에 만난 마서방 아저씨의 근황과 그이가 수십 년 만에 아버지를 찾아와 눈물 흘린 사연을 들려주었고, 나는 콧물을 훌쩍이며 고개만 주억거렸다.

이렇게 또 한 번의 설이 지나갔다. 돌아오는 기차 안에서 생각이 많아졌다. 언제부터인가 명절은 시간에 쫓기며 사는 우리 부모형제가 모처럼 느긋하게 모여 툭툭 끊겼던 기억의 실을 잇고 생각의 가지를 정리하고 마음을 다잡는, 소중한 치유공간으로 자리 잡았다. 얼마나 오래 이 의례를 계속할 수 있을까? 마침내 그 질문에 닿자 목구멍이 시큰해졌다. 눈물을 흘리지 않으려고 나는 앞에 놓인 트렁크를 꽉 쥐었다.

한 권의 책으로 묶기 위해 그간 써온 산문 폴더를 열다가, 또다시 비겁해졌다. 혹여 누군가에게 상처 줄까 걱정되는 글들을 골라내고, 특정한 시기의 현안에 취해 목소리 높인 원고들을 발라내니 절반쯤 사라졌다. 현재적 의미가 퇴색됐으나 당시 내 마음을 눌러 썼던 몇몇 글은 그대로 놔두었다. 어차피 이 책은 내 이름으로 나오는 첫 번째이자 마지막 작품이 될 게 거의 확실하니까.

지난 봄, '출판콘텐츠 창작지원사업' 마감일을 코앞에 두고 원고를 요구하는 내게 〈한국일보〉에 연재 중인 나의 칼럼을 응모하라고 재촉하던 소설가 후배가 없었다면 이 책은 애초 가능하지 않았다. 인생 후반전으로 치닫는 지금부터라도 조금 더 가볍게, 날라리로 살아보라던 그의 말은 큰 위로가 되었다.

글 만지는 일로 먹고살면서도 쓰는 작업은 여전히 더디고 어려운 나에게 4년 가까이 지면을 허락해준 〈한국일보〉의 은혜를 크게 입었다. 그 배려 덕에 3주에 한 번이라도 꾸역꾸역, 칼럼과 에세이 중간쯤에 걸친 글을 써낼 수 있었다.

무엇보다 양해도 구하지 않고 에피소드의 단골손님으로 끌어들인 가족과 동료에게 고마움을 전한다. 좀 이상스런 모습을 까발린다 한들 '설마 당신들이 나를 명예훼손으로 걸겠어?' 하는 심보였다.

글을 읽은 분들이 잠시라도 웃을 수 있었다면 좋겠다. 세상은 여전히 개떡 같은 일투성이지만, 다행히 내가 만난 세상 이야기의 절대다수는 착하고 재미있었다. 맞는 말이라고, 당신도 고개를 끄덕여줬으면 참 좋겠다.